AF398499

THOMAS RIVERA

Caballeros del Apocalipsis

novum pro

© 2023 novum publishing

ISBN 978-3-99146-133-3
Relecture: Kathleen Moreira
Photo de couverture: Thomas Rivera
Création de couverture,
mise en page et paragraphe:
novum publishing
Illustrations: Thomas Rivera

Les illustrations fournies par l'auteur ont été imprimées dans la meilleure qualité possible.

www.novumpublishing.fr

La sombra con la luz

« L'obscurité ne peut pas chasser l'obscurité ;
seule la lumière le peut.
La haine ne peut pas chasser la haine ;
seul l'amour le peut. »
Martin Luther King (1929–1968)

« La oscuridad no puede ahuyentar la oscuridad ;
solo la luz puede.
El odio no puede ahuyentar el odio ;
solo el amor puede. »
Martin Luther King (1929–1968)

À toi mon unique amour car tu es et resteras
la seule lumière qui inonde
mon cœur et mon âme chaque jour.

A ti mi único amor porque eres y seguirás
la luz que inunda
mi corazón y mi alma todos los dias.

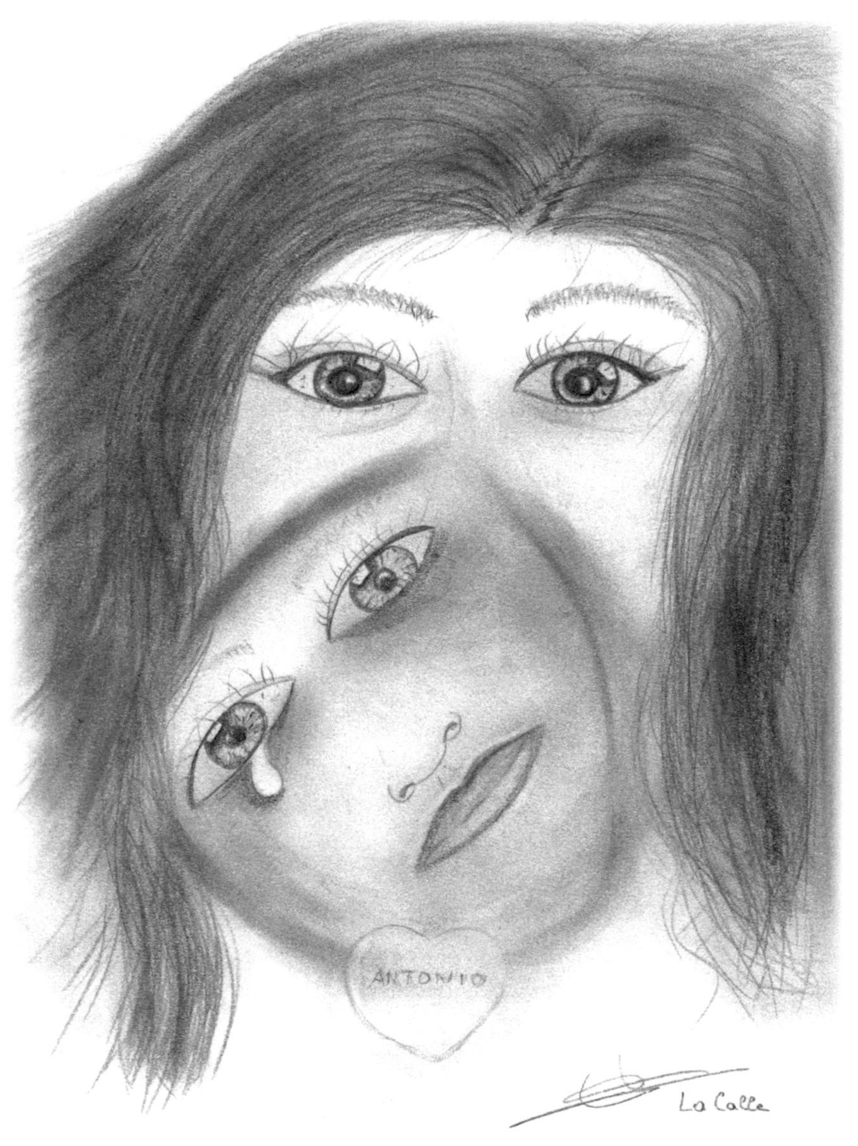

ANTONIO
La Calle

Le cavalier sur le cheval blanc

« J'ai vu, et regardez ! Un cheval blanc ; celui qui était assis dessus avait un arc et on lui a donné une couronne, et il est sorti en vainqueur pour mener à terme sa victoire. »
(Révélation 6:2)

Il ne me fallut que quelques minutes pour rassembler le peu d'effets personnels qui traînaient ici et là dans cette chambre que j'avais occupé depuis plus de quatre mois.

Aucune nostalgie ne m'envahissait à l'idée de la quitter. Maria arriva au moment où je tirais la fermeture éclair d'un sac de sport qu'elle m'avait prêté pour l'occasion.

– Tu n'as que ça ? s'étonnait-elle en attrapant le sac.

J'hochais la tête en guise d'affirmation. Ayant passé le plus clair de mon temps dans un sommeil artificiel, je n'avais porté pour ainsi dire que la tenue fournie par l'hôpital. Cette horreur de robe qu'on attache autour du cou après avoir enfilé les bras. Celle-là même qui, ouverte à l'arrière, offrait une vue de choix à tous les spectateurs intéressés par vos fesses.

Je m'arrêtais un instant devant la fenêtre, l'unique vue que j'avais sur l'extérieur depuis des semaines.

– Tu angoisses ? m'interrogeât Maria de sa voix douce et calme.

– Non, lui assurais-je faussement.

– C'est normal tu sais, ça fait des mois...

Je lui coupais la parole en attrapant à la volée le tas de documents renseignant mes divers rendez-vous remis par l'infirmière le matin même de mon départ.

– La seule chose qui m'angoisse c'est le procès de cet après-midi, essayais-je de nous convaincre mutuellement.

Affronter à nouveau le monde extérieur, le regard des autres, probablement un jugement quelconque me stressait. J'avais pourtant évoqué à de nombreuses reprises cette difficulté avec ma psy commise d'office et tentais de surmonter l'épreuve en camouflant mes émotions.

Mes mains tremblantes laissèrent échapper une ordonnance reçue. Je me penchais pour la ramasser mais mon amie me précéda.

– Ça va tu sais, je ne suis pas si grosse, je peux encore me baisser.

Nous éclations de rire, enceinte de presque sept mois, je n'avais pris que quatre malheureux kilos.

Nourrie pendant ce qui me semblait une éternité par baxter, je devais à présent combattre un réel dégoût de la nourriture.

Elle me tendit l'ordonnance après y avoir jeté un bref regard.

– Ils te donnent des antidépresseurs ?

Honteuse, je lui arrachais le papier des mains.

– Je ne suis qu'une suicidée, tu as oublié ? C'est le protocole, soupirais-je.

Ce n'était ni ma profession, ni les circonstances de l'acte qui pouvaient interférer dans leur règlement. Ces étiquettes qu'on vous colle si docilement, sans espérer rencontrer un éventuel mouton qui égaré du troupeau, se serait mis à réfléchir par lui-même et y aurait vu un acte de survie plutôt qu'un acte de détresse.

Nous quittions la chambre sans lui accorder la moindre dernière attention.

Les couloirs nous séparant du parking me semblaient interminables. Je dû m'arrêter à deux reprises pour reprendre mon souffle.

Je m'excusais auprès de mon amie, incriminant la fonte musculaire octroyée par mon alitement forcé. Mais je n'étais pas dupe, l'agoraphobie à laquelle je me préparais depuis l'annonce de la date de sortie ne faisait attendre, comme une vieille amie d'enfance qui s'invitait sans cri égard me réclamant des comptes après l'avoir oublié au fond d'un placard durant de longues années.

Je restais silencieuse sur le chemin qui me ramenait chez Santina. Ouvrant et refermant la vitre pour inhaler une bouffée d'air à quelques reprises, je priais que la route soit dégagée.

– Pourvu qu'il n'y ait d'embouteillages… pensais-je à voix haute.

Le soleil brûlant inondait l'habitacle de la voiture et le peu d'oxygène que j'arrivais à puiser de l'extérieur accentuait l'atmosphère étouffante du trajet.

– Tu es pressée de rentrée ? m'interrogeait mon amie avec douceur.

– C'est normal, non ? lui rétorquais-je.

Je me rendis compte du caractère glacial de ma réponse lorsque j'entrevis du coin de l'œil son regard craintif se poser sur moi.

– Excuse-moi, j'angoisse un peu, camouflais-je de peur de déclencher une crise de claustrophobie sous les yeux de mon amie qui ne pourrait comprendre le mal qui se rabattait sur moi.

Une enfance difficile m'avait affublé de cette tare que je pensais surmontée depuis longtemps. Quelques minuscules symptômes ressurgissaient par moment. En période d'examens à l'université par exemple. Je les attribuais à une perte de contrôle face à une période stressante et de toute évidence, la situation que je vivais m'échappait complètement.

Santina avait pourtant pris de mes nouvelles régulièrement par téléphone et semblait si heureuse à l'idée de mon retour, je ne comprenais pas pourquoi cette boule à l'estomac ne me quittait pas.

Je fixais ma montre. Il était presque quatorze heures et le procès de Toni débutait dans moins d'une heure.

C'est la seule chose qui avait motivé mon départ de l'hôpital, malgré les vaines tentatives de ma psychanalyste de m'en dissuader.

« Pas prête », me répétait-elle sans cesse.

Depuis l'épisode d'Hector et tout ce qui c'était passé chez lui, je me réveillais en pleine nuit. Des terreurs nocturnes s'étaient immiscées dans ma routine quotidienne.

Le manque de sommeil réparateur m'affaiblissait chaque jour un peu plus. Emprise à de fortes chutes de tension, je devais protéger ma fille d'une éventuelle chute.

Il était également impératif de différencier mon hypotension des malaises vagaux qui survenaient à chaque fois qu'une personne me touchait. Tout aussi invalidants, ils ne brouillaient ni ma vue et ne me provoquaient aucun bourdonnement d'oreille. Le risque de chute, pourtant moindre, restait présent face aux vertiges.

Bien que physiquement je paraissais relativement en bonne santé, je culpabilisais de l'altération de mon état psychique.

« Rien ne doit paraître aux yeux des autres… Tu es forte, bien plus forte que la somme de toutes tes peurs… » me répétais-je en boucle pour m'octroyer du courage. Mais selon ma thérapeute je ne faisais que porter un masque ne solutionnant vraisemblablement le problème.

« Tant que tout passe inaperçu, je suis sauvée », lui soutenais-je convaincue.

J'enfouissais un calmant discrètement sous ma langue, essayant de me relaxer un tant soit peu sur le chemin qui nous restait à parcourir.

Nous arrivions enfin.

– Je me change en vitesse et on repart, avertissais-je Maria.

Santina se levait de son fauteuil à notre entrée. Elle ne pouvait contenir ses larmes en me serrant dans ses bras.

Je ne ressenti aucune sensation désagréable, mais dû toute fois écourter l'instant.

– On doit filer, je ne veux pas être en retard, insistais-je auprès d'elle, l'embrassant sur le front comme Toni en avait si souvent l'habitude.

Je grimpais à l'étage quatre à quatre, attrapant au passage de quoi me vêtir plus décemment.

Un petit tour devant le miroir de la salle de bain, un maquillage rapide histoire de me sentir moins malade et je redescendais aussi vite.

– Tu es sûre que tu ne veux pas que je t'accompagne ? me demandait Maria sur le trajet du tribunal.

– Ça va aller, la remerciais-je en souriant.

Je m'étais si souvent préparée au pire que je me sentais capable d'encaisser.

Je fixais à nouveau ma montre. Maria était stationnée sur le parking depuis quelques minutes et je pris une grande inspiration avant de descendre du véhicule.

Je la pris dans mes bras, l'étreignant à l'extrême.

– Courage ma belle, je t'attendrai le temps qu'il faut, me réconfortait-elle.

– Merci, lui chuchotais-je, la gorge serrée.

Un courant d'air glacial me transperça au passage du portique de sécurité. Mon corps entier vibrait, hérissant au passage chaque poil de ma peau.

J'arrivais à frissonner par plus de quarante degrés Celsius de température extérieure ressentie.

Hormis les deux gardes de l'entrée, je ne croisais que quelques avocats pressés, chargés de piles de dossiers sous les bras.

Je me dirigeais vers l'accueil, dans l'espoir de ne pas me perdre dans cette immense bâtisse.

Une secrétaire souriante m'indiqua le numéro d'une salle à l'étage.

Je m'aventurais doucement, grimpant marche par marche d'un large escalier en marbre, domptant ma respiration afin de n'éprouver aucun vertige.

Un jeune homme vêtu d'une toge noire s'arrêta à ma hauteur.

Il fixa mon ventre.

– Ça va Madame ? Je peux vous aider ?

Je refusais poliment mais il insista pour me conduire jusqu'à la salle.

Le nom de Toni figurait sur un tableau à l'entrée. Le jeune homme m'abandonna face à une porte en bois vernie déjà fermée. Pourvu que je ne sois pas en retard, songeais-je craintivement.

Je remerciais l'homme pour sa gentillesse. Il me sourit timidement en regardant le panneau.

– La peine de mort pour ce genre d'individu, j'ai étudié le dossier, me dit-il en tapotant le nom de Toni du revers de la main.

Je me pétrifiais à entendre ces mots. Je m'étais préparée à tout mais pas à ça.

– Je n'ai pas entendu que cette peine était d'application ici, gloussais-je.

– Elle devrait, termina-t-il en retournant sur ses pas.

Je regardais mon portable, l'envie de demander à Maria de me rejoindre m'envahit.

La porte s'ouvrit doucement et une dame en sorti une tasse de café à la main.

Elle me tint la porte avant que celle-ci ne se referme. Je m'engouffrais, rangeant mon téléphone dans mon sac.

Un silence de mort régnait dans cette salle où les chaises y étaient disposées de chaque côté d'une allée centrale, comme elles le seraient dans une église.

Je prenais place à gauche de l'allée. Me rapprocher le plus possible de la barrière en bois me séparant de la place qu'il occuperait ne m'était pas difficile.

J'étais pour ainsi dire la seule personne du côté de la défense.

Je sentais de nombreux yeux posés sur moi en provenance de l'accusation. Leurs murmures diffus bourdonnaient brisant le calme et l'espace vaste de l'amphithéâtre. Je fouillais mon sac à la recherche d'une bouteille d'eau. Quelques gorgées m'aidant à hydrater ma gorge asséchée m'empêchaient souvent d'hyperventiler.

Une porte s'ouvrit dans le fond gauche de la salle, captant tous les regards et restaurant le silence de départ.

Toni arrivait, menotté et accompagné de deux gardiens. S'il n'avait pas porté la tenue orange que je lui connaissais lors de ma visite au pénitencier, je ne l'aurais probablement pas reconnu. Il s'avançait lentement, les cheveux lâchés, lui couvrant la moitié du visage, ses traits tirés et presque aussi pâle que moi.

Il avait de toute évidence perdu pas mal de poids et de masse musculaire.

Je ne pus m'empêcher de couvrir ma bouche à cette vision d'horreur.

Il leva les yeux dans ma direction, je ne pus dissocier ses pupilles de ses iris. Deux morceaux de charbon sans aucune expression me fixaient vaguement.

Je me mis nerveusement à mordiller l'ongle de mon pouce.

Il prit place à côté de son avocat, me tournant le dos.

Que ce soit de notre côté ou de l'autre, nous n'entendions qu'un bruit de feuilles qui se tournaient et se retournaient sans cesse.

Toni se penchât vers son avocat, lui murmurant quelque chose qui lui fit lever les yeux de son dossier qui semblait capter toute son attention.

L'homme d'une soixantaine d'années grisonnant se retourna furtivement vers moi.

Je m'attendais à un échange de parole mais il se leva brusquement à l'arrivée du magistrat.

Toute l'assemblée, y compris moi, emboîtions son geste.

Il prit place et nous permis de nous rasseoir.

L'accusation, d'une voix mielleuse, salua hypocritement le juge en question.

Ce dernier s'empressa de lui demander l'énoncé des chefs d'accusation.

Comme pressé par le temps et semblant n'y porter aucun intérêt, il écouta l'avocat de la partie adverse.

Celui-ci commença :

– Meurtre, premier degré ; Tentative d'homicide volontaire sur la personne d'Hector Cruz ; Voie de fait graves avec récidive ; Agression armée entraînant des lésions corporelles ; Trafic de drogue ; Infractions liées aux armes ; Possession de drogue.

Je pensais qu'il n'allait jamais s'arrêter. Je soupirais, inquiète.

Le magistrat semblait absorbé par le dossier.

Il leva la tête en direction de la défense.

– Que plaide l'accusé ? grogna-t-il en glissant ses lunettes sur son nez.

– Coupable votre honneur, répondit l'avocat de Toni sans prendre la peine de se lever de sa chaise.

Je restais abasourdie. Il n'allait pas se battre, il acceptait la sentence sans broncher, sans même essayer de se défendre. Il n'était de toute évidence plus l'homme que j'avais connu. Il ne restait que l'ombre de lui-même.

Je pestais sur ma chaise, lui et ses belles paroles à notre rencontre, me reprochant de ne m'être jamais battue pour personne. S'il ne le faisait pas pour son amour propre, qu'il le fasse pour sa fille !

– Au vu du dossier qui m'a été remis par les deux parties et de la récidive prouvée aux voies de fait, aucune clémence ne sera accordée par la cour, se prononça le magistrat d'une voix très calme.

Il invita l'entièreté de la salle à se lever. Je sentais mes jambes trembler.

– Monsieur Rivera, comprenez-vous les chefs d'accusation qui vous sont imputés ? ajouta-t-il fermement.

Toni acquiesça.

– La cour vous condamne donc à trente ans ferme. Vous pouvez emmener l'accusé.

Son marteau de bois fracassa la pesanteur de la pièce, raisonnant dans ma tête comme une balle qui m'aurait traversé, mettant un terme à mon insignifiante vie. J'en aurais été presque soulagée. Abrégeant sur le champ mes souffrances d'imaginer toute une vie séparée de l'homme que j'aimais.

Les gardiens emmenèrent Toni. Je me rassis, attendant au moins un regard de sa part qui m'aurait aidé à comprendre sa décision.

Il n'en fit rien, il disparut sans se retourner.

Je regardais la partie adverse se congratuler. Furieuse et triste à la fois, je me levais dépitée.

Son avocat s'approcha de moi.

– Pourriez-vous m'accorder un instant ? me demanda-t-il poliment.

Interloquée, je le suivi silencieuse.

Nous quittions la salle et nous nous enfoncions un peu plus dans le couloir. Galant, il m'ouvrit la porte, m'invitant à entrer dans son bureau.

Il me tira une chaise, mais je restais debout, sur la défensive.

Je sentais l'homme déstabilisé par mon attitude.

Il me tendit une enveloppe.

– Sur la demande de mon client, je vous remets ceci. Pourriez-vous, s'il vous plaît, me signer la réception...

J'ouvrais l'enveloppe remplie de billets. Ne le laissant poursuivre, je saisis la liasse.

– Je peux savoir ce que ça signifie ? lui demandais-je prête à lui faire bouffer billet par billet.

– Monsieur Rivera tient à subvenir à vos besoins, ainsi qu'à ceux de votre enfant.

Je balançais l'entièreté de l'enveloppe sur son bureau.

– Dites à Monsieur Rivera que sa fille a besoin d'un père et non de son fric ! Je me mis à trépigner en riant nerveusement.

L'homme me fixait, bouche bée.

Me dirigeant vers la sortie, je me retournais, achevant cet abruti incompétent de la dernière dose de venin qu'il me restait.

– Qu'il utilise son argent pour se payer un meilleur avocat !

Des larmes de rage me coulaient sur les joues. D'un pas décidé, poussée par l'adrénaline je m'encourais, reprenant le long couloir dans le sens inverse.

Mon empressement me fit entrer en collision frontale avec un homme de petite taille et assez trapu. Le choc fut assez violent pour me faire reculer d'un pas.

– Pardon Monsieur, m'excusais-je de mon inadvertance.

J'essuyais mes larmes du revers de la main. Elles étaient très probablement la cause de mon aveuglement et de cet incident malheureux.

– Ce n'est rien, Docteur. J'étais entre bonne main si vous m'aviez blessé, me déclarait ma malheureuse victime en souriant.

Je le fixais, interrogative. Il y avait des mois que personne ne m'avait appelé par mon titre.

J'essayais discrètement de me remémorer un éventuel contexte de rencontre. Son habit cérémonial de juge me fit douter.

– Ça ne va pas, Docteur ? s'inquiétait-il en me voyant pleurer. Venez donc prendre un café.

Nous entrions dans un bureau nettement plus spacieux que celui de l'avocat.

– Vous ne me remettez pas, n'est-ce pas ?

– Je suis désolée, je viens de passer une des pires journées de ma vie.

Il me servit un café.

– Le tremblement de terre.

Je lui souris, effectivement.

– La crise cardiaque, confirmais-je en déglutissant le breuvage brûlant.

Il ôta sa toge et l'accrocha sur un porte manteau. Il déboutonna sa chemise, me laissant entrapercevoir le début d'une cicatrice sternale.

– Pontage ? m'informais-je en connaissance de cause, histoire de combler la discussion.

– Triple pontage coronarien ! Grâce à vous Doc ! Ils me l'ont dit à l'hôpital, sans vous, ma femme aurait été veuve prématurément. Maintenant, elle sera obligée de me supporter encore quelques années.

Il se flanqua à rire, tandis que submergée de souvenirs j'explosais en sanglots.

Je me revoyais suturer la main de Toni ce jour-là, plongée dans son regard. À ce moment, j'aurais donné ma vie pour ressentir une dernière fois cette sensation.

– Si vous m'expliquiez ce qui vous amène dans l'antre du diable et ce qui vous met dans cet état, ce conseillait-il en me tendant une boîte de mouchoirs en papier.

Je me camouflais le visage derrière mes mains, épongeant au maximum les traces de mon désarroi.

Il me demandait de résumer des mois de torture, en quelques mots, je ne savais par où commencer.

Je choisis de débuter mon récit après son départ en ambulance. Je passais du rire aux larmes lorsque j'évoquais mes débuts de relation avec Toni.

Je dû me ressaisir pour aborder l'épisode de séquestration chez Hector, ma tentative de suicide. Les mots semblaient bloqués au fond de ma gorge et douloureux à prononcer.

Il m'écouta attentivement.

– Je suis perdue, jamais je ne pourrai vivre sans lui.

J'en voulais à la terre entière. Pourquoi Dieu, dans son infinie miséricorde, avait-il permit un tel amour et nous le reprendre aussi vite ?

Il se leva pour verrouiller la porte.

Il s'accroupi à ma hauteur et se mit à parler à voix basse.

– Vous n'attaquez pas le problème dans le bon sens Docteur.

Il attrapa ma main, et poursuivi.

– La famille Cruz est très influente et ils n'accepteront jamais que leur nom soit sali, poursuivez-les !

Je soupirais.

– Mais comment ?

– C'est de leur domicile que vous avez été emmenée en ambulance, tout doit être cosigné dans votre dossier médical.

Je ne me sentais la force de pouvoir mener cette guerre seule.

– Pourriez-vous m'aider ? implorais-je mon interlocuteur.

Il se releva brutalement et s'éloigna.

– Je vous l'ai dit, ils sont très influents, je suis désolé Docteur.

Tout ça pour rien. C'est encore plus démuni que je me dirigeais vers la sortie de son bureau.

– Je sais maintenant pourquoi Dieu nous reprend l'amour qu'il nous donne, parce que nous ne le méritons pas ! Une vie pour une vie, j'aurais pu vous laissez gisant au sol mais je ne l'ai pas fait !

Il me regardait sortir sans dire mot.

– Je vous souhaite encore beaucoup d'années de bonheur avec votre épouse, terminais-je en quittant la pièce.

Je m'empressais de rejoindre Maria qui m'attendait depuis des heures. Je culpabilisais, elle devait s'inquiéter.

Quelques jours s'étaient écoulé et je reprenais doucement mes marques chez Santina. Maria et moi avions décidé ensemble de ne pas lui divulguer la sentence de Toni. C'était un peu comme lui annoncer qu'elle ne le reverrait plus jamais, compte tenu de son âge avancé.

Bien que fort reconnaissante de continuer à m'héberger, je ressentais de plus en plus le besoin de m'isoler.

Dormir seule dans le lit de Toni assassinait toutes mes nuits. Je pouvais presque sentir son corps m'appeler et percevoir la chaleur de ses mains sur ma peau.

Je m'éveillais chaque nuit vers trois heures du matin. Me pensant bifurquer doucement vers la folie liée au manque de sommeil, je me bourrais de calmants. Annihiler chaque émotion me raccrochant à lui devenait indispensable à ma santé mentale.

J'utilisais mon temps libre à bouquiner de la physique quantique, peu importe l'ouvrage qui expliquerait de près ou de loin cette connexion mystique que je ressentais.

Je priais pour lui, que Dieu le protège et nous permette de nous retrouver. Parfois je me résonnais : « tu as fait médecine Malau ! Tu sais comment fonctionne le cerveau humain ! »

Un éveil chaque nuit à trois heures, ne dénote qu'une tendance à un état dépressif. Mais rien n'y faisait, pas même les saletés de pilules qu'on me faisait avaler. Je passais mes jours à le ressentir et mes nuits à le désirer.

Une petite supérette à deux rues d'ici où j'allais souvent nous ravitailler en fruits et légumes avait affiché la location d'une chambre meublée. Elle possédait un petit coin cuisine et sa propre salle de bain. Le propriétaire acceptait de renouveler le bail de semaine en semaine.

Reprendre des forces m'était devenu vital et je sautais sur l'occasion.

La nouvelle ne passa pas très bien auprès de Santina.

– Tu as besoin de voir d'autres hommes ? m'agressait-elle suite à ma décision.

– Non, ça ne m'intéressait pas avant, mais encore moins maintenant. La rassurais-je, quelque peu choquée par ses propos.

Comment lui faire comprendre l'étouffement qui m'envahissait lorsque je devais me cacher pour pleurer, et pire… angoisser de croiser son médecin traitant qui venait lui injecter son insuline. L'humiliation qu'il m'avait fait endurer chez Hector le soir de mon suicide hantait chaque jour de mon existence.

L'entendre me réconforter à chaque fois qu'elle me surprenait à sangloter devenait insupportable.

– Ne te tracasse pas, il rentrera bientôt à la maison, chaque jour je prie. Dieu ne reste jamais insensible aux prières sincères.

À ce moment, ma culpabilité de lui cacher la peine infligée à son petit-fils refaisait surface.

– J'ai juste besoin d'être un peu seule, lui confiais-je, frustrée par tout ce refoulement émotionnel.

Ma première nuit là-bas fut réparatrice, je dormais d'un sommeil de plomb. Mais ce fut la seule. Mon besoin de le sentir à mes côtés se faisait plus fort que jamais. C'était devenu un besoin, une addiction à laquelle je succombais maladivement.

Je prenais l'excuse des emplettes pour en fin de compte, passer mes journées chez lui.

Je ne me sentais nulle part à ma place, excepté la nuit où j'hallucinais ses bras comme havre de paix.

Il devait être quatorze heures, nous avions dîné et je regardais Santina s'assoupir dans son fauteuil, affalée sur le canapé.

La sonnerie de mon portable retentit.

– Bonjour Docteur, Monsieur Martinez.

Bien que la voix me semblât familière, je restais muette d'hésitation.

– Excusez-moi, qui me dites-vous ? formulais-je poliment.

– Nous nous sommes entrevus au tribunal la semaine dernière, concernant votre plainte.

Je triturais mon cerveau à essayer de comprendre, mais mon interlocuteur poursuivi.

– Je suis en ce moment même avec Monsieur Cruz, qui souhaiterait un accord par consentement mutuel. Je pourrais vous proposer une médiation pénale.

Rêvais-je ? Cet homme ressuscité de mes mains, avait-il décidé de m'aider ?

Je me relevais brusquement, ignorant un vertige orthostatique.

– Ce qui implique ? m'empressais-je de demander.

– Je viens juste de finaliser le contrat, si vous renoncer à votre plainte, Monsieur Cruz s'engage officiellement à lever les charges qui pèsent sur Monsieur Rivera.

C'était bien trop beau pour être réel.

– Puis-je vous envoyer le document par mail pour que vous puissiez le contresigner ?

– Oui, répondis-je suspicieuse.

– Bien évidemment, toutes les charges ne seront pas abandonnées.

Je soutenais mon front, mon cœur battait la chamade.

– Il y a toujours un hic, soupirais-je pensive.

J'entendais de l'autre côté du combiné un bruit de feuille s'engouffrant dans un scanner.

– Pourriez-vous m'en dire plus sur la diminution de peine ? risquais-je, terrorisée à l'idée d'un nouveau procès.

La notification d'un mail apparut sur la barre de recherche de mon smartphone.

– Je pense que compte tenu du temps déjà effectué par Monsieur Rivera au sein de notre structure, il pourrait bénéficier d'un sursis et d'une amende.

Je n'en revenais pas, mes larmes montaient. J'allais m'empresser de lui demander quand pensait-il le libérer, mais il me devança.

– Par contre, pour des raisons administratives, la libération ne se fera pas avant demain onze heures.

Je pleurais, je riais, bouleversée d'une joie incommensurable.

– Merci, merci.

Je dû le répéter au moins dix fois sans m'en rendre compte.

– Ne me remerciez pas, comme je disais à Monsieur Cruz, n'oublions pas qu'un jour viendra où Dieu nous jugera tous. Méritons son amour, jour après jour.

Je souriais à cette petite parenthèse qui ne m'était pas inconnue.

Je dormis comme un bébé cette nuit-là malgré l'excitation qui m'habitait.

Je me revoyais la veille téléphoner à tout le monde, bondir sur Santina la réveillant en sursaut. J'insistais auprès de Fernando pour fermer exceptionnellement le garage.

Nous organisions un barbecue surprise pour l'occasion. Maria et Santina m'aidaient aux préparatifs tandis que Miguel et son frère, en plus de gérer les courses étaient préposés à me ramener Toni.

Je composais diverses salades, et voulais à tout prix me lancer dans la réalisation d'un gâteau au chocolat.

– Tu n'en fais pas trop ? s'amusait Maria.

– Le gâteau, c'est pour le bébé, affirmais-je en me léchant les doigts.

Maria se flanqua à rire en fronçant les sourcils.

– Contente que tu retrouves l'appétit, pouffa-t-elle en s'appuyant sur mon épaule.

Le reggaeton refaisait surface dans ma vie et baignait l'atmosphère festive de la maison. Des mois que je ne pouvais plus écouter de musique sans me morfondre. Même les albums de Tony Dize étaient boycottés. Chacune de ses chansons appuyant à un endroit douloureux de ma mémoire.

Il avait pourtant sorti une nouvelle mélodie depuis, encore plus empreinte d'émotion qu'à son habitude, comme si lui aussi avait fini par trouver l'amour. Le vrai, celui qu'on ne rencontre qu'une seule fois.

Je regardais l'heure avancer et décidais de monter me préparer. Maria me rejoignit.

– Tu en mets du temps, me fit-elle remarquer.

– Il faut absolument camoufler ces horribles cernes, m'énervais-je en appliquant une seconde couche de crème.

Il allait arriver, ce n'était plus qu'une question de minutes et mon estomac me tiraillait.

Nous redescendions à toute vitesse. Faisant les cent pas entre jardin et cuisine pour m'assurer que rien n'était oublié, j'ouvrais inconsciemment le frigo. Maria le referma avec la pointe de son pied. Je la regardais intriguée.

– Ça fait trois fois que tu ouvres ce réfrigérateur.

Je filais dans le jardin.

– Relaxe-toi, respire profondément, me conseillait-elle en me pourchassant.

– J'ai un mauvais pressentiment, soupirais-je.

Je l'occultais depuis le matin, active aux préparatifs, mais il noircissait mon esprit au fur à mesure que les minutes s'écoulaient.

Une sensation étrange, ressemblant à l'appréhension ressentie dans la salle d'attente d'un dentiste.

– Tu crois qu'ils vont annuler sa sortie ?

– Non, pire...

Mettre des mots sur ce qui me chagrinait semblait complexe même face à ma seule amie.

– La dernière fois qu'on s'est parlé, il m'a demandé de partir. Je me sens mal à l'aise. Que ses amis soient présents, c'est normal. Sa famille... Mais moi ?

Maria éclata de rire.

– Et moi qui pensait à quelque chose de grave ! se moquait elle.

Sa réaction me laissa sans voix et me rassurait un tant soit peu.

– Tu t'es battue comme une lionne depuis le début pour le faire sortir. Personne n'aurait jamais pris ce risque pour lui. Rien que ça, il te doit d'être reconnaissant.

Je me revoyais allongée sur la civière, le jour où même la mort n'avait voulu de moi. Je l'avais senti à mes côtés. J'entendais sa voix prononcer le « Je t'aime » auquel je m'étais cramponnée tous ces mois d'hospitalisation.

Avais-je rêvé ?

De nombreuses personnes, le moment venu de quitter ce monde, se raccrochent toujours à un être, une divinité ou une pensée.

Son visage restait la seule image que j'aurais voulu emmener avec moi de l'autre côté. L'avais-je imaginé ?

Le bruit du moteur de la mustang s'arrêta devant la maison, s'en suivit de claquements de portières.

– Reste près de moi, suppliais-je Maria.

– Tu rêves, vous allez vous sauter dessus. Que Dieu me protège de cette vision, s'esclaffa-t-elle.

Au bout de quelques minutes, Toni fit son apparition dans le jardin, stoïque face à moi. Il glissa un papier dans la poche de son jean.

Je scrutais son langage corporel pour adapter mon comportement. Il me fixait sans aucune expression. Ses cheveux détachés m'empêchaient de visualiser son regard.

– Salut, tentais-je craintivement.

Maria s'éloigna, nous laissant seuls.

– Super la coupe de cheveux Toni, c'est la mode en prison ? plaisanta-t-elle en le contournant.

Il ignora tant sa boutade que sa présence, ne bougeant d'un millimètre.

– Je suis contente de te voir, ajoutais-je maladroitement.

Son silence commençait à m'angoisser.

– Je vais chercher à boire, m'avançais-je, tentant de prendre la fuite.

Il me saisit par le poignet.

– Et c'est tout ? grogna-t-il en me maintenant.

Je baissais les yeux.

– Tu dois avoir soif, tremblais-je.

Il repoussa mon poignet, me laissant m'échapper.

J'allais vers le réfrigérateur attraper quelques bières. Maria me fixait les yeux écarquillés, j'haussais les épaules et me pinçais les lèvres lui signifiant mon incertitude face à la situation.

Tous sortirent le rejoindre. Je soupirais de soulagement de ne pas me retrouver seule face à lui. Je déposais les bouteilles sur la table. Il en attrapa une et l'engloutit en deux gorgées. Il me lança un regard furieux et se leva brutalement.

– Je vais prendre une douche, marmonna-t-il en s'éloignant.

J'attendis qu'il disparût de mon champ de vision pour grappiller des informations auprès de ses deux compères.

– Il semble contrarié, il a dit quelque chose durant le trajet ? m'empressais-je de demander à Fernando.

– Non, on a plaisanté, il a parlé du garage, rien d'autre.

Tous deux occupés à cuire la viande, je rejoignais Maria et Santina à la cuisine. Cherchant du réconfort auprès de mon amie je me saisis au claquement violent d'une porte à l'étage.

– Où sont les serviettes bordel ? hurlait-il en haut des escaliers.

– Vas-y, me dit Maria. Autant crever l'abcès tout de suite, me conseilla-t-elle.

Je le rejoignis. Il était appuyé contre la porte de sa garderobe, torse nu, le jean déboutonné.

– Je les ai rangé dans l'armoire de la salle de bain.

Il fixait les étagères vides de l'armoire.

– Où as-tu mis tes affaires ? me demandait-il d'un ton relativement calme.

– J'ai loué une chambre à deux rues d'ici.

Il la referma si brutalement qu'il en fit vibrer le plancher. Le voyant se mordiller la lèvre inférieure, je me préparais à l'explosion imminente de sa colère.

– Donc, tu as décidé de rester ?

Était-ce ma seule présence qui le mettait dans un tel état ?

– Franck...

Il se mit à rire en hochant la tête.

– Tu as changé la couleur de tes draps ?

– Ne soit pas ridicule ! Il suit ma grossesse et pense que pour éviter un stress supplémentaire, il est préférable que j'accouche ici.

En colère face à ses allégations, je tournais les talons.

– Après la naissance du bébé, il était prévu que je rentre en Europe, grommelais-je.

M'engageant pour sortir de la chambre, il se précipita vers la porte, me bloquant l'accès en la refermant sèchement.

Je me retrouvais coincée et n'eus d'autre choix que lui faire face. Me retournant doucement, je fis un demi pas vers l'arrière, collant l'entièreté de mon corps sur le bois rugueux de l'entrée de sa chambre.

Son avant-bras tendu à hauteur de mon visage continuait à presser cette porte déjà close.

Il était si proche que je pouvais sentir son haleine à l'intérieur de ma bouche. J'aurais pu damner mon âme à ce moment pour encore goûter à un seul de ses baisers. Il ne bougeait d'un millimètre que mon esprit s'évadait vers des pensées honteuses.

Peu importe sa motivation, je le sentais sur le point de me blesser, me faire souffrir. Il me condamnait sans même prendre la peine de m'en donner la raison.

Il dégageât mes cheveux de mon épaule.

– À moins que tu ne restes pour Franck, me glissa-t-il à l'oreille venimeusement.

Je sentais sa bouche effleurer ma peau, mes yeux se révulsaient devant la chaleur de son souffle. L'envie de me frotter à lui à la manière d'une chatte en quête de caresses devenait incontrôlable. Malgré les atrocités qu'il me balançait je le laissais saisir ma hanche. Il me colla à lui.

Je sentais mon corps prêt à s'abandonner sous ses mains. Quel que soit le châtiment qu'il avait choisi, je succombais docilement. Il glissa ses doigts à l'intérieur de mon slip.

– Il t'excite autant que moi ?

Je le repoussais brutalement.

– Tu es ignoble ! explosais-je furieuse.

– Sors de ma vue ! Tu n'as plus rien à faire ici, crachat-il en me libérant le passage.

Je descendais les marches quatre à quatre. La vue brouillée de larmes, je me mis à la recherche de mes affaires. Tout le monde était dehors, leurs rires raisonnaient jusque dans la cuisine. J'attrapais mon sac, pensant m'éclipser sans demander mon reste. J'enfilais mon gilet et essuyais mon visage des traces de ma tristesse.

– Maria, tu aurais vu mon portable ? gloussais-je en passant la tête côté jardin.

Tous se retournèrent sur moi.

– Non, tu t'en vas ? s'inquiétait-elle.

– J'ai zappé un rendez-vous urgent, tentais-je à dissimuler la vérité.

Toni me frôla en reprenant sa place autour de la table.

– Je crois que tu as oublié ça, dit-il en me tendant mon téléphone.

Avec ses cheveux rattachés, il ressemblait à nouveau à l'homme que j'aimais mais affichant un sourire satisfait, d'une cruauté que je ne lui connaissais.

« Que pouvait-il foutre avec ? » me demandais-je en l'allumant.

Quatre appels manqués de Franck. Je commençais à comprendre ses reproches mais ne pouvais les excuser. Fernando se retourna sur moi.

– Tu ne peux pas partir sans manger. Le médecin a insisté. Pense au bébé.

Il avait bien changé durant l'absence de Toni, presque un comportement fraternel envers moi.

– Je n'ai pas très faim, je mangerai plus tard.

Santina arriva derrière moi.

– Je vais te préparer une assiette pour tout à l'heure, le bébé doit manger.

Maria me fixait désespérée. Bien que je fusse certaine que les autres avaient gobé mon histoire, il m'était presque impossible de cacher quoi que ce soit à mon amie. J'arrivais à peine à contenir mes larmes et ma gorge se serrait de plus en plus.

– Le bébé, le bébé… Durant tout ce temps, elle n'a même pas encore de nom, se moquait Toni en avalant une autre bière.

– Mia. Je pense l'appeler Mia, gloussais-je à son sarcasme.

– J'aime beaucoup, surenchéri Fernando.

Je lui répondis d'un sourire forcé.

– Peut-être attendait elle l'avis du papa ! le réprimanda Santina.

– Encore eut-il fallu qu'elle en ait un, ajoutait-il les sourcils froncés et les narines dilatées.

À ces mots, je n'eus plus la faculté de contenir ma peine. Je restais bouche bée sentant mes yeux se gorger à nouveau.

– La prison ne t'a pas changé, t'es toujours un vrai connard ! s'énerva Maria en me prenant dans ses bras.

Il se leva hystérique, sortant le papier enfoui dans sa poche à son arrivée et le claqua sur la table.

– Voilà la première photo que je reçois de ma fille aujourd'hui !

Son regard furieux me transperçait de haine.

– Ici, le nom de sa mère ! montrait-il les renseignements en-dessous de l'échographie.

Nous le laissions continuer son monologue sans pouvoir espérer le raisonner.

– Et là, à côté du père, rien !

Appuyé sur ses mains sur le bord de la table il écumait de rage. Je vis ses poings se crisper, chiffonnant inconsciemment l'objet de sa colère.

– Il y avait des documents à signer, hoquetais-je, ravalant ma culpabilité.

Il se rassit, attrapant nerveusement la bouteille de rhum destinée à l'apéritif.

– C'est certain que les courriers n'arrivent pas jusqu'au pénitencier, marmonnait-il, déglutissant le breuvage à même son contenant.

– Je ne suis sortie de l'hôpital que le jour du procès, lui signalais-je en me pinçant l'arrête nasale.

Je sentais ma vue commencer à se brouiller, le stress et le manque de nourriture en étant probablement à l'origine. Sur le point de m'en aller, Maria avança vers lui.

– Dis-moi Toni, c'est quand la dernière fois que vous vous êtes vu ou plutôt que vous avez discuté tous les deux ? lui demanda-t-elle ironiquement.

– Au procès, rétorqua-t-il sèchement.

Je craignais pour la suite voyant le niveau d'alcool qu'il ingurgitait frénétiquement.

– Non, je parlais de discuter ensemble, rectifia-t-elle.

– Dans l'ambulance devant chez Hector.

– Elle était à moitié morte, Toni ! réfléchit encore s'énerva Maria en levant ses bras au ciel.

Il me regardait fronçant les sourcils mais la noirceur de ses yeux s'éclaircissait peu à peu. J'essayais de contrôler ma respiration, pensant à la situation qui ne pouvait que se dénouer.

– La visite au pénitencier, affirma-t-il, d'un ton légèrement adoucit.

– Hooo, le jour même où TU lui a demandé de partir, le jour où TU as décidé de mettre un terme à votre relation.

Je soupirais de soulagement discrètement.

« Que ferais-je sans elle ? » pensais-je en la fixant admirative.

– Elle aurait dû m'écouter, ajouta-t-il calmement.

Mon portable se mit à retentir et vibrer dans mes mains.

Un autre appel de Franck. Je déviais l'appel vers ma messagerie. Levant timidement les yeux sur lui, je compris que cet appel serait la goutte d'eau qu'il lui manquait pour déborder.

– Sors d'ici, me poignardait-il d'un sourire mesquin en hochant la tête.

Je ne demandais mon reste en franchissant le seuil du jardin. Je me retenais d'éclater en sanglots jusqu'au perron de la porte d'entrée. C'est presque au pas de course que j'espérais rejoindre mon minuscule chez moi. Mes mains tremblaient en appuyant sur le rappel automatique du dernier numéro affiché. Une certaine amertume se dénotait instinctivement dans ma voix.

– Que se passe-t-il ? agressais-je Franck d'emblée.

« Le pauvre, pensais-je, il était la principale cause de mon désarroi sans même en avoir conscience. »

– Tu as loupé un rendez-vous avec la psy. Tu sais que c'était la condition à ta sortie.

– Je suis désolée, Toni est sorti et je n'y ai plus pensé.

J'entendais la voix de Franck, s'éloigner dans le microphone, une faiblesse dans les jambes me fit stopper net ma fuite. Ma vue se troubla à nouveau et je me senti glisser sur le macadam.

Un bruit strident me fit reprendre conscience. Les alarmes du scope s'emballaient.

– Je ne te touche pas, je ne touche plus, s'exclamait une voix familière.

Franck leva les mains de mon abdomen, maintenant encore dans l'une d'elle le son de de l'échographe.

– Qu'est-ce que tu fais ? m'inquiétais-je en me relevant brusquement.

– Je vérifie que la petite va bien.

Il essuyait le gel de contact sur le matériel.

Je soupirais de me retrouver à nouveau à l'hôpital.

– Ça va, vous avez été sage, plaisanta-t-il en terminant d'encoder les mesures sur l'appareil.

– Ce n'était pas difficile, grognais-je en essayant de me lever.

Franck me fixait dubitatif.

– Ne bouge pas, il faut enlever la perfusion, tu étais déshydratée.

Il me tendit une compresse pour me permettre d'enlever mon cathéter.

– J'ai mal au dos, me plaignais-je en m'asseyant sur le bord du lit.

– Tu as gagné un bel hématome grâce à ta chute.

– Je m'en fou, ça passera.

Je me massais légèrement le haut des fesses, grimaçant à la douleur.

– Son retour ne s'est pas bien passé ?

– C'est le moins qu'on puisse dire, restais-je évasive, évitant la discussion.

Je me recouchais, cherchant une position antalgique.

– Si tu veux je te dépose, en retournant, se proposait Franck.

– En fait, je serais bien restée ici cette nuit. Je n'ai pas trop envie de me retrouver seule.

Il hocha la tête.

– Non, tu as déjà passé trop de temps entre ces murs. Tu n'as qu'à venir à la maison.

Je refusais poliment l'invitation de Franck mais il insista.

– Ma femme sera tellement heureuse de pouvoir prendre soin de toi. Elle est si souvent seule.

J'hésitais terriblement, pensant aux conséquences si Toni venait à l'apprendre. Je fini par me résigner à sa demande.

La soirée se passa calmement, entourée de sa jolie petite famille. Malgré le délicieux repas concocté par son épouse, je ne sus presque rien avaler. Je passais la nuit dans la chambre d'ami. Franck me donna un calmant afin d'espérer passer une nuit plus ou moins correcte. J'eus l'impression toute la soirée qu'il n'y avait que mon corps présent autour de cette table.

Les paroles de Toni résonnaient en boucle dans ma tête. Assommée par sa médication et sans prendre la peine de me changer, je m'écroulais jusqu'au petit matin.

– Je te dépose chez toi ? me réveilla-t-il doucement.

J'acquiesçais de la tête, sortant de ma torpeur.

En chemin la pensée de lui demander d'éviter Toni pour l'instant me traversa.

– Tu as vu la vidéo tournant sur Insta pour le moment ?

– Laquelle ?

– Celle avec le portoricain jouant au domino.

J'éclatais de rire.

– Oui, quand il explose la table, pouffais-je.

J'avouais qu'elle m'avait beaucoup amusé.

– N'oublie pas qu'à la base, ils ont un tempérament sanguin, et que la prison n'a sûrement rien arrangé de ce côté-là.

J'haussais les épaules en soupirant. Il était réellement un ami fidèle et je souriais à la chance qui m'était donnée de l'avoir connu peu de temps après mon arrivée.

Nous arrivions. Je me retournais pour le remercier de son accueil et de sa gentillesse quand je vis Toni se lever d'un bon de l'escalier de mon perron. Sa démarche s'approchant de notre véhicule me fit présager le pire. Je n'eus que le réflexe de me cacher la bouche de la paume de la main, avant qu'il n'ouvrît violemment la portière de Franck. Il l'empoigna d'une main pour le sortir de la voiture. Je ne pense même pas que sa pauvre victime ait compris quoi que ce soit à ce qu'il se passait.

– Si tu t'approches encore une fois de ma femme, la tienne aura du mal à t'identifier à la morgue ! explosait Toni en le bloquant contre la carrosserie.

Pourtant bien plus grand que lui, Franck ne bougea d'un poil. Je bondis hors de l'habitacle.

– Où étais-tu ? Je t'ai attendu toute la nuit, me demandait-il sur un ton calme déguisé, ne lâchant sa proie.

– Elle était chez moi, prononça Franck maladroitement.

J'hochais la tête timidement en le regardant. « Mauvaise réponse », pensais-je.

– J'étais chez lui, avec sa femme et ses enfants, Toni. C'est bon maintenant, calme-toi, lui demandais-je, fatiguée de toutes ces conneries.

J'attrapais son bras pour libérer Franck.

– Je t'ai envoyé vingt textos, continuait-il à s'en prendre à moi.

– Je dormais et d'ailleurs, c'est ce que je retourne faire, lui répondis-je en le tirant avec moi.

L'effet du sédatif ne s'était pas totalement dissipé et je me mis à bailler nerveusement. Je fis un petit signe à Franck et emmenais son bourreau avec moi. Indignée par son attitude, je fis comme s'il n'existait pas et alla me faire couler un bain.

– Tu n'as même pas défait tes bagages, s'étonnait-il en entrant.

Je restais muette et lui claquait la porte de la salle de bain au nez. J'entrais dans mon bain n'accordant aucune attention au raffut qu'il faisait dans les armoires.

– Le frigo est vide ! Je peux savoir où tu passes tes journées ? Certainement pas ici, en conclut-il seul.

Je perdais doucement patience, en fait c'est à lui qu'il faudrait donner un calmant pensais-je.

– Tu penses me laisser profiter de mon bain ou tu vas continuer à mener la guerre ? murmurais-je exaspérée.

– J'attendais une réponse, poursuivit-il en passant sa tête par la porte.

– Ça dépendait du mec que je m'envoyais, ricanais-je ironiquement.

Il fronça les sourcils.

– Tu te fou de ma gueule en plus !

– Chez toi Toni ! Tous les jours ! À me morfondre ! T'es content ? explosais-je en lui balançant le flacon de gel douche.

Celui-ci ricocha sur la porte et se déversa un peu en atterrissant sur le sol. J'entendis la porte d'entrée se refermer bruyamment.

– Problème réglé, murmurais-je à haute voix, seule, me relaissant glisser dans mon bain chaud.

Moins de vingt minutes plus tard, il repassait la porte. Il déposa un sac chargé de victuailles sur le minuscule plan de travail de la cuisine.

Je sortais de mon bain, m'enroulant dans une serviette. Mes cheveux attachés grossièrement dégoulinaient dans mon dos. Je camouflais un sourire à l'idée qu'il ait été faire les courses.

– Tu es calmée ? me demandait-il en se préparant à émincer des poivrons.

Je ne pus retenir mon rire.

– C'est à moi que tu demandes ça ?

J'étais écroulée. Il ne levait les yeux, concentré à sa tâche.

– À toujours tout résoudre avec violence, tu finis par devenir parano, murmurais-je assez fort pour qu'il l'entende.

– À qui la faute ? me demandait-il ironiquement.

– Au crack, non ? lui rétorquais-je effrontée.

Il releva la tête doucement de ses légumes, offusqué par ma réponse.

– On ne t'a jamais appris à te taire ?

– Si, ma mère a essayé, mais de toute évidence, ça n'a pas fonctionné.

Je m'amusais à le pousser à bout. Je le voyais trépigner, martyrisant ces pauvres poivrons. Il déposa des morceaux de poulet dans une poêle, qu'il arrosa d'huile d'olive.

Le voir cuisiner pour moi, me donnait l'impression d'un homme en quête de rédemption, je n'allais certainement pas laisser une telle chance passer.

– Tu me fais passer de l'amour à la haine en une fraction de seconde, me déclarait-il en allumant la flamme de la cuisinière.

Il se penchât pour en régler l'intensité, et j'en profitais pour voler un morceau de légume sur son plan de travail.

– Et c'est laquelle de ses émotions qui t'a poussé à passer la nuit devant chez moi ? le taquinais-je en croquant dans le poivron.

Il attrapa une bière, qu'il décapsula à main nue.

– L'envie de baiser, me répondit-il, tentant de me choquer.

Il me souriait, divinement fier de sa réponse et avala une gorgée de bière. J'haussais les sourcils et lui rendis son esquisse faciale.

– Et quoi, tu n'avais plus de liquidité ?

Il resta muet, intrigué.

– Ou peut-être, n'as-tu pas eu le temps de débarrasser ton bureau ?

Il baissa la tête et laissa échapper un rire glauque, voyant où je voulais en venir. Il hocha la tête tandis que je le fixait en le narguant.

– Ne m'énerve pas, conclut-il la discussion.

Cette petite querelle avait éveillé mon appétit, et je ne parlais du poulet en train de mijoter. Tout m'attirait chez lui, que ce soit sa personnalité, son caractère, le tout allant comme un gant avec un physique pour le moins déplaisant.

– Je n'ai pas peur de toi, le défiais-je en m'approchant.

– Tu devrais, ajoutait-il, me regardant m'avancer.

Même si son regard m'intimidait, je le maintenais.

– Pourquoi ? Qu'est-ce que je risque ? le charriais-je à nouveau.

Je voyais son regard changer, alors que le mien le dévorais. Il se mit à se mordiller la lèvre inférieure, tandis que je glissais ma main sur son torse.

– Tu vas me mettre une fessée ?

Il m'attrapa par les cheveux et bascula ma tête en arrière.

– Je vais t'apprendre à utiliser ta langue autrement.

Il arracha ma serviette tandis que sa bouche se mélangeait déjà à la mienne. J'enroulais mes jambes autour de sa taille tandis qu'il me soulevait en saisissant mes fesses.

Je ne me rendis même pas compte qu'il avait traversé la pièce, qu'il m'allongeait délicatement sur le lit. Sa langue, si douce, glissant sensuellement entre mes lèvres me déconnectait de la réalité. Il s'étendait sur moi prenant mille précautions à ne pas m'écraser.

– Tu m'as manqué, lui murmurais-je sentant sa respiration s'amplifier dans mon cou.

Mes ongles lui éraflaient le haut des épaules. À peine se redressait-il, que j'attrapais la boucle de sa ceinture.

– Tu es pressée ? se montrait-il taquin, esquissant un sourire amusé.

Il ne pouvait s'imaginer, entre la libido exacerbée par la grossesse et mon amour pour lui, la torture que j'avais enduré. Le nombre de nuits où pouvant presque sentir ses mains sur moi, je m'adonnais à mes propres caresses, murmurant son nom à chaque orgasme.

– Fais-moi l'amour, le suppliais-je affamée.

Son corps recouvrait entièrement le mien et je pouvais déjà le sentir s'immiscer entre mes cuisses.

Mes yeux se révulsaient. J'avais presque oublié cette délicieuse douleur que provoquait le fruit défendu.

– Toi aussi tu m'as manqué, me soufflait-il à l'oreille.

Il augmentait la puissance de ses mouvements. Si viril et déjà en sueur, je me sentais un jouet entre ses doigts. Il m'était de plus en plus difficile de contenir mes gémissements, le sentant sur le point de se laisser aller à son propre plaisir. Il s'arrêta un instant, ne pouvant plus contenir l'excitation qui nous habitait simultanément.

– Fais-moi jouir, l'encourageais-je en me cabrant.

Je me remis à l'embrasser, camouflant le glapissement final qui m'échappa me sentant venir sans pudeur sous la fermeté des coups.

Son corps s'alourdissait brusquement, je percevais un léger tremblement au niveau des muscles de ses bras et un volcan de sensation m'envahissait subitement.

« Je pourrais devenir esclave de ce pêcher divin », songeais-je en le regardant admirative. Restant un moment contre le visage appuyé sur son torse, je me laissais bercer par les battements de son cœur. Progressivement et rythmant l'amplitude de sa respiration, ces derniers ralentissaient. Je m'enivrais de l'odeur de sa peau, un délice d'indécence après nos ébats.

– Je t'aime, susurrais-je à voix basse, le sentant replacer quelques mèches de mes cheveux entremêlées.

Un frisson m'envahit à l'étreinte de mon crâne contre sa poitrine, ses doigts se crispant à l'extrême sur mon cuir chevelu. Je n'eus besoin d'aucune réponse de sa part percevant son âme me sourire. Une énergie divine transperçant la mienne simultanément.

– Je sais, me caressa-t-il de son souffle.

Après des mois de guerre, combattant tant l'univers que mes propres démons, je ressentais enfin ce fameux « lâcher-prise » dont tout le monde me parlait. Je comprenais enfin ce que vivre le moment présent signifiait. J'en avais finalement terminé avec les regrets du passé et l'angoisse du futur. J'avais juste envie que le temps s'arrête et fixe l'instant. Ayant cherché toute ma vie une infime place dans ce monde en perdition, je la trouvais enfin.

« Chez moi, c'est dans tes bras… » me rassurais-je amoureusement.

Un bruit semblant sorti d'outre-tombe brisa la transcendance de mon émoi.

– Tu as faim ? s'inquiétait-il.

– Un peu, avouais-je, grimaçant au raffut de mon estomac.

Faisant mine de quitter ma position douillette, je me relevais doucement de son corps à moitié vêtu. Je m'esclaffais.

– Tu ne m'as même pas laissé le temps sène me déshabiller, ne te moque pas, se flanquait-il à rire aussi.

J'aimais tellement cette expression si rare sur son visage. Toujours sur la défensive, un regard de pierre ampli d'agressivité. Il était difficile d'imaginer que derrière cette brute bardée de tatouages se cachait un quelconque sens de l'humour.

– L'auscultation est finie, le taquinais-je en m'asseyant sur le bord du lit.

– Ça veut dire quoi ? me basculait-il à nouveau dans ses bras.

– Je voulais vérifier que ton cœur battait encore, ces derniers temps, j'avais un doute, lui balançais-je sarcastiquement.

Il passa sa main dans ma nuque pour me rapprocher de lui.

– Méchante, me murmura-t-il en essayant de m'embrasser.

Bien que j'eus l'envie de lui signifier qu'il ne manquait pas de culot, je n'en fis rien me laissant attirer par ses lèvres. Il y déposa le plus délicieux des baisers que ma bouche n'ait porté. D'une sensualité sans pareille, je me délectais de sa langue, le laissant parcourir chaque parcelle de la mienne. Il augmenta la pression dans ma nuque donnant un effet plus profond et plus puissant à sa gourmandise.

– On ne devait pas aller manger ? murmurais-je en reprenant mon souffle.

– On va commencer par le dessert, m'empalant à nouveau sur son sexe gonflé d'excitation.

Je le laissais me manipuler, sentant le désir communicatif monter en moi. N'arrivant à dissimuler le feu qu'il faisait naître, je m'abandonnais pour la seconde fois au rythme de son plaisir.

« Une machine de guerre », pensais-je en écroulant mon corps dénudé sur le sien.

Nous terminions de manger quand Maria arriva. Elle sourit à la vue de notre couple enfin réunit.

Je manquais de m'étrangler quand elle remarqua Toni en slip et moi en serviette de bain. Rajoutant à la scène le lit entièrement sans dessus ni dessous, un moment de gène nous envahit toutes deux.

– Là, je n'ai pas eu le temps de me rhabiller, plaisanta-t-il en se retournant sur moi.

J'avais décodé le message, pour citer Tony Dize dans son dernier tube. Enfin, peut-être l'avant dernier, mais évitons de parler du dernier qui à mes yeux n'en valait la peine. Il passait son temps à insulter la femme qu'il aimait juste pour une question de jalousie.

« Tous les mêmes », pensais-je en regardant mon homme enfiler son jean.

Je fronçais les sourcils craintivement, ce qui n'échappa pas à mon amie. Je lui fis un signe discret de dépit en le voyant glisser un pistolet à même sa peau entre son dos et son jean.

– Je te retrouve ce soir chez Abuela, dit-il en passant la porte.

Maria soupira.

– Chassez le naturel, il revient au galop, prononçait-elle en guise de réconfort.

Je terminais mon assiette en me dirigeant vers l'évier pour la passer sous l'eau.

– Le taureau est réveillé. Il m'avait manqué. J'ai cru un instant qu'on me l'avait échangé contre un ours en peluche.

Maria me fixa, interrogative.

– Tu as vu le temps que ça prend pour se changer soi-même ? Alors imagine essayer de changer quelqu'un d'autre... débattais-je.

Je terminais la vaisselle en poursuivant mon monologue.

– J'en ai marre de me prendre la tête avec lui. Je l'aime comme il est. Je m'habille et on y va, clôturais-je le débat.

Nous avions prévu de faire des courses pour Santina. N'ayant toujours pas de véhicule, je dépendais de Maria à chaque fois. Je pouvais toujours rêver que mon cher ange me prête sa Mustang. À croire qu'il y tenait autant qu'à moi.

Il faisait moins chaud que durant la matinée mais la pesanteur de l'air nous accablait malgré tout.

Maria épongeât la sueur de son front en prenant le volant. C'était une ancienne voiture dépourvue d'air conditionné. Un mouvement incontrôlé de douleur accompagna mon entrée dans la voiture.

– Le siège est trop chaud ? pouffa-t-elle à mon geste.

– « Se tira la maroma », plaisantais-je à nouveau sur le titre de mon idole « *Se mueve demasiado* ».

Connaissant mon addiction pour ses tubes, Maria surenchérissait.

– Toni va finir par être jaloux.

J'éclatais de rire grimaçant légèrement à une contracture de mon périnée.

« Peut-être avons-nous exagéré ce matin », songeais-je en évitant d'inquiéter mon amie.

Nous achetions de quoi tenir une grosse semaine à nous trois.

– Je ne m'oublierai pas cette fois, souriais-je en dévalisant le rayon des sucreries.

Je jetais un œil furtif sur ma montre. Maria, faisant également ses emplettes hebdomadaires, revint les bras chargés de victuailles.

– Tu vas l'user, me soupirait-elle amusée.

Je la fixais, interrogative.

– Ça fait trois fois en dix minutes que tu regardes l'heure.

– Que veux-tu, il me manque déjà, pouffais-je.

Nous terminions notre corvée sur un air festif. Les douleurs se répétèrent de plus belles après avoir chargé le coffre de la voiture de nos achats. Ne pouvant plus le dissimuler, Maria s'inquiéta.

– Ça ne va pas ?

– Si, juste des crampes depuis ce matin.

J'essayais de masser la zone douloureuse durant le trajet, l'impression que la pesanteur avait eu raison de mon ventre plus volumineux que la veille. Au bout de quelques minutes, la situation revint à la normale. Je fus soulagée à l'approche de la maison de voir la Mustang stationnée.

– Rien ne pouvait m'arriver, mon super héros était là, souriais-je bêtement pensive.

M'empressant de rentrer, j'entendis Maria crier.

– Laisse, je vais rentrer les courses.

– Je t'envoie Toni, je dois aller aux toilettes, lui répondis-je en me sauvant à l'intérieur.

Mon visage changeât littéralement en passant la porte d'entrée. Je me pétrifiais. Mon acolyte me rattrapa assez rapidement et déposa deux sacs remplis aux pieds de Toni. Occupé à trier le courrier de quelques jours, il ne prit attention à notre arrivée.

– Tu ne devais pas aller faire pipi ? me demandait-elle infantilisante.

Je ne bougeais d'un poil, mes pieds étaient collés au sol. La figure décomposée et immobile, je pouvais tout voir et entendre autour de moi, spectateur d'une situation qui venait de m'échapper complètement. J'entendis Maria chuchoter à mon homme.

– Elle a mal au ventre depuis ce matin.

Elle arrivait enfin à capter son attention et il leva les yeux sur moi.

– Viens, assieds-toi le médecin est là, il va t'ausculter, me dit-il d'un ton protecteur, essayant en vain de me sortir de ma tétanie.

– Il ne me touchera pas ! hurlais-je en dévisageant ce monstre qui esquissa un sourire mesquin.

Je tournais les talons, profitant d'une montée d'adrénaline, cherchant désespérément une issue de secours.

– Tu n'as pas toujours dis ça, ricanait-il au loin.

Au pas de course, je marchais sans même savoir où j'allais. Tout droit et loin était ma destination. Des larmes de rage coulaient sur mes joues et freinaient ma visibilité. Comme une enfant l'aurait probablement fait, je les essuyais du revers de mon bras. Je sentis une main m'attraper l'épaule. Dans un moment d'absence d'esprit total, je me retournais pour repousser mon agresseur. Violemment, je me dégageais de son emprise et tentais de me débattre.

– Calme... Calme, me réconfortait-il tandis que je continuais à gigoter dans ses bras.

Haletante, et reprenant peu à peu conscience de ce qui venait de se passer je m'écroulais en pleurs dans les bras de Toni. Il me laissa quelques instants contre son torse avant de me réclamer une explication.

– Raconte-moi, me chuchotait-il de façon apaisante.

Malgré le sentiment de sécurité que ses bras me procuraient, mes mots se saccadaient dans ma bouche. Mon âme criait et le vacarme infernal m'empêchait d'entendre mes propres phrases. Je ne pus prononcer que :

– Chez Hector, droguée, il m'a touché.

Je sentis chacun de ses muscles se crisper sous mes doigts. Je tenais dans mes bras un roc, une statue de pierre froide et insensible, dépourvue à cet instant d'une quelconque conscience. À l'égal d'avoir croisé le regard maléfique de *Méduse* dans mon dos.

N'ayant de peine à lâcher son étreinte, je cherchais une lueur de vie dans ses yeux vides, noirs et cruels. J'aurais aimé dire à cet instant que je voyais un visage que je ne lui connaissais pas mais je me mentais à moi-même.

– Hooo non bébé, s'il te plaît, prononçais-je craintivement.

Je pus à peine terminer ma phrase qu'il bondissait, refaisant route vers la maison. Je venais de libérer un taureau en furie, un minotaure pour rester sur un thème mythologique. Je savais à ce moment ce qu'il était capable de faire mais une terrible douleur m'empêchât de le rattraper.

– Toni… Le bébé… hurlais-je en me maintenant le ventre.

Je senti un liquide couler entre mes jambes. Je perdais les eaux. Je souffrais tellement que mon souffle en était presque coupé.

– Respire, me dit-il en me soutenant.

Il fouilla ses poches rapidement pour dénicher les clés de la voiture. Je dû au moins répéter vingt fois :

– Dépêche-toi, roule plus vite !

– Sur le trajet qui nous séparait de l'hôpital.

En ce bel après-midi, naissait notre petite Mia, deux kilos cinq cent de bonheur entrait dans notre vie et nous aidait enfin à occulter les derniers épisodes de notre sombre épopée.

La Calle

Le cavalier sur le cheval rouge

*« Et un autre est sorti, un cheval couleur de feu ;
et à celui qui était assis dessus on a accordé d'ôter la paix de
la terre pour qu'ils se tuent les uns les autres ;
et on lui a donné une grande épée ».*
(Révélation 6:4)

**Plus personne n'osera te dicter tes lois.
Tu es la guerre.
Seigneur, entend ma voix.
Comment me taire quand il l'enterre.
Amen**

Durant quelques semaines, nous reprenions doucement nos marques dans une société devenue à mon goût un peu trop matérialiste. Toni devait rattraper le temps perdu au garage et travaillait de plus en plus tard. Il me réclamait néanmoins de plus en plus d'attention comme un premier enfant qu'on aurait délaissé à l'arrivée d'un second.

Le déclencheur fut certainement la livraison de fleurs pour la naissance de notre fille de la famille d'Hector. Un bracelet y avait été accroché avec un petit mot : « Tu pourras comme ça te débarrasser de l'horreur que tu portes ».

Ce geste, d'un goût douteux certes, n'avait éveillé en moi qu'une forme de dépit. Je n'y avais porté que très peu d'attention mais mon taureau avait démarré au quart de tour ce jour-là. J'avais finalement cessé d'essayer de calmer sa jalousie excessive me convainquant que personne n'était parfait.

Je me rebellais juste lorsqu'il trouvait mes tenues trop provocantes, me moquant de lui en entourant mon visage d'un foulard. Il m'était même arrivé de le faire sourire.

Mia, de retour auprès de nous après un séjour en couveuse ne faisait pas encore ses nuits. Nous dormions toujours très peu mais curieusement nous ne manquions pas d'énergie. De retour également au travail, je dégotais un poste aux urgences grâce à Franck.

Ma fille m'accompagnait où que j'aille. Santina, trop âgée pour de telles responsabilités ne me la gardait que rarement ou pour une courte durée. Sa marraine travaillant tout autant que moi manquait de disponibilités. Donc, je la déposais le matin à la nursery de l'hôpital et la récupérais en fin de journée.

Je ne rêvais que de vraies vacances, de plages, de cocktails et d'un « farniente » amplement mérité. Mais rien que d'aborder le sujet avec mon homme à l'heure du repas où nous nous croisions de temps en temps me le mettait dans un état de rage.

J'avais vendu ma maison, à distance, ne comptant plus jamais rentrer en Europe. Nous n'étions en manque de rien, se retrouver, ensemble, sans la contrainte journalière de notre vie quotidienne me semblait un luxe que nous pouvions nous offrir. Toutes ses pensées m'accompagnaient chaque jour, tel un fardeau sur le chemin du travail. Le lâcher-prise que j'avais ressenti un moment s'évanouissait peu à peu comme une brise d'été faisant place au brouillard matinal de l'automne.

– Arrête d'essayer de tout contrôler, Malau, m'encourageais-je après un ressenti de migraine débutante.

Le trajet du boulot était pour moi le seul moment où je laissais libre cours à mon esprit fatigué. Lorsque je revêtais ma blouse, je n'y accordais plus un instant. Enchaînant les patients les uns après les autres, sans parfois même retenir leur nom. Les courses, les repas, ma fille, ma grand-mère par alliance dirons-nous. Les journées devenaient éreintantes. Je n'avais plus ni loisirs, ni vie sociale. Mon unique exutoire, la rédaction de protocoles au sein d'une revue médicale. J'écrivais en collaboration avec un autre médecin spécialisé en traumatologie.

Alvaro venait d'arriver dans notre service, ce qui me laissait en quelque sorte une certaine forme d'ancienneté face à lui. Né d'un père portoricain et d'une mère d'origine dominicaine, il avait émigré de longues années aux États-Unis avant de finalement retourner à ses racines.

Nick, du surnom que tout le monde l'affublait de par sa provenance avait une certaine notoriété dans sa spécialité. Rédiger ces protocoles en espérant une éventuelle publication était une véritable bulle d'oxygène dans mes interminables routines. J'y accordais une bonne heure le soir en attendant le retour de mon bien aimé. Si une telle chose se produisait, en plus du sentiment de fierté qu'il me procurerait, il nous mettrait à l'abri du besoin pendant un long moment.

– Allez Malau, avance, me stimulais-je en me stationnant sur mon emplacement de parking attitré.

L'argent de mon bien immobilier m'avait permis l'achat d'une petite voiture. Un soulagement d'indépendance nécessaire à la reprise d'une vie active dont je ne pouvais plus me passer. Descendant le pare soleil et vérifiant l'étendue de mes cernes, je songeais au cauchemar à nouveau apparu cette nuit.

Mariée ou du moins en couple avec Hector, il me forçait à avoir des relations prohibées avec lui. Un sursaut remplaçait le réveil me provocant sueurs et tachycardie. Même s'ils devenaient de moins en moins présents, ils ne disparaissaient pour autant. J'en arrivait à être soulagée quand ma fille se mettait à hurler, me sauvant de ma torpeur.

Je coupais le contact au moment où Tony Dize prononçait les mots « je me suis réveillé à tes côtés » de son dernier titre « *Que se desquite* ».

– Tant que ça arrivera, tu ne risques plus rien, cocotte, me rassurais-je bêtement.

Comme pour contrarier mes dires, la matinée fut relativement calme au boulot ce jour-là et je pris une pause déjeuner un peu plus longue qu'à mon habitude. Je n'allais certainement pas me culpabiliser, repensant à toutes ces fois où un fruit en notifiant tous les dossiers des journées passées fut mon seul en-cas.

– Un patient te réclame, prononçait une voix familière par-dessus mon épaule.

Je ne me retournais sur Nick, dépitée qu'il me gâche ce moment de solitude que je savourais.

– Et il n'y a personne d'autre ? soupirais-je à sa requête.

Je posais la tête sur mon avant-bras, telle une tortue le ferait pour que le monde extérieur oublie sa présence.

– Il insiste, il a remballé trois médecins.

– Mais quel beau cadeau me fais-tu là ! plaisantais-je en me relevant.

La chaise gronda au recul et attira l'attention d'autres membres du personnel. Leur gâcher ce moment de tranquillité me fit sourire égoïstement.

– Il n'a pas l'air commode, je vais t'assister, insistait Nick dans le couloir de la cafétéria.

– Préviens la sécurité qu'ils se tiennent prêts au cas où… lui réclamais-je d'un ton pédagogique.

Je me passais la main dans les cheveux, prête à affronter ce qui s'annonçait être le pire moment de ma journée.

– Tu as un dossier ? tendais-je la main vers mon collègue en esquivant un début de bâillement de l'autre.

– Nada ! Ni identité, ni « ausculte ». Je te dis qu'il t'a réclamé d'emblée, sans se laisser approcher. Je dirais une plaie perforante à l'épaule à première vue. Un trauma ne sera pas de trop je crois, concluait-il en entrant dans le box du patient.

Mon premier réflexe fut l'envie de rire en tirant violemment les tentures qui me séparaient du monstre qu'on m'assignait. Je restais fixée un moment, domptant l'animal du regard. Un afflux d'émotions différentes m ,envahit à ce moment, je passais de l'inquiétude, à la colère, à la tendresse, à l'amusement en une fraction de seconde.

Toni, le t-shirt ensanglanté, me fixait comme un bambin ayant fait une bêtise et attendant sa réprimande.

– Je vais gérer, assurais-je à Nick en tentant de l'évincer du box.

Je refermais les tentures sous ses yeux ébahis et essayais de contenir un rire, repensant à notre conversation de couloir. Mon regard changeât, la colère reprit le dessus envers tous les autres sentiments qui s'étaient bousculés dans mon esprit le temps d'un instant lorsque mes yeux se posèrent à nouveau sur Toni.

– Que s'est-il passé ? demandais-je sur un ton relativement calme.

J'attrapais une paire de ciseaux pour couper le tissu séparant mon champ de vision sur la plaie. Il resta silencieux. J'avais envie de hurler et mon estomac se contracta, refoulant ma pulsion colérique.

– C'est superficiel, rien n'est touché.

Le désinfectant versé sur un paquet de compresses stériles, je l'appliquais fermement sur le point de ponction.

– Vous parlez notre langue ? me moquais-je à son silence.

– Arrête tes conneries, grogna-t-il, honteux.

Je m'esclaffais. Le bruit attira Nick par-delà les tentures.

– Tu veux que j'appelle la police ? me demandait-il doucement.

– Non, c'est un accident, mentais-je impunément.

Il se pencha sur la plaie tandis que je lâchais le regard de Toni. Il pouvait aisément y lire un « tu as vu ce que tu m'oblige à faire ».

– Un accident ? s'étonna Nick en éloignant les berges de la plaie de son pouce. Ça ressemble à un coup de couteau, non ?

– C'est elle mon médecin, pas toi ! Dégage ! aboya ma victime sur ce pauvre bougre apeuré.

– Un accident de travail dans un garage, insistais-je à nouveau. C'est en tout cas ce que je notifierai dans le dossier, lui coupais-je l'herbe sous le pied.

Je m'activais à refermer le pansement pour espérer le libérer au plus vite.

– Regarde, notre article est publié, me murmurait mon collègue en me saisissant par le bras sous les yeux de Toni qui n'eut le temps d'apprécier le geste. Ça se fête, non ? en rajoutait-il.

Il y a des moments comme celui-ci dans une vie où le plus incrédule des pèlerins pourrait avoir envie de se mettre à prier de toute ses forces.

Il aurait très bien pu m'en parler avant ou après son départ mais il fallait, en dépit de chacune de mes requêtes envers l'univers qu'il le fasse à ce moment précis.

– Vas-y, fais danser la *muleta*, ce drap dont le matador se sert pour énerver son adversaire pendant une corrida, imaginais-je la scène.

Mon homme restait calme envers et contre toute attente. Mais le voir froncer les sourcils et se mordiller la lèvre inférieure me fit prendre conscience de l'étendue du danger dont peu regorger un océan lorsque les flots semblent tranquilles.

– Que dirais-tu d'un resto ce soir ? en remettait-il une couche.

– Je dirais non ! me flanquais-je à rire nerveusement, évitant par tous les subterfuges de croiser le regard de Toni.

Je terminais le soin, usant d'une adresse et d'une rapidité méconnue de ma propre personne.

– C'est terminé, souriais-je à mon patient qui me rendit ma fausse esquisse faciale.

– Pourquoi ? persévérait son bourreau.

– Parce que je ne suis pas libre, Nick. Je suis en couple et nous avons une merveilleuse petite fille, bouclais-je la discussion.

– Un portoricain ? me demandait Toni en fixant nerveusement l'objet de sa haine.

– Effectivement, répondis-je brièvement, amusée de la situation.

– Ils peuvent devenir jaloux et violents, essayait-il de flanquer la trouille à mon assaillant.

Je me pinçais les lèvres et mimait un léger signe de tête négatif à mon chéri.

Me mentirais-je si je disais que cette situation cocasse n'émoustillait tant mon humour que mon intellect. Cette habilité avec laquelle il essayait de se dépêtrer d'une position qu'il s ,était lui-même infligée me laissait admirative.

– Tu devrais rentrer chez toi et t'occuper de ton mec et ta fille, grogna-t-il en tentant de s'en prendre à moi.

– Mon homme sait que je suis ici pour travailler et que je l'aime, emboîtais-je la remarque mesquine de Toni. Et en plus, je suis certaine qu'il n'est pas à la maison en ce moment.

Je continuais à ranger le box du matériel utilisé, mais aucun de ces deux abrutis ne décidait de lever le camp.

Il me tuait du regard et je le dévorais à mon tour. Un phénomène mystique entre nous qui me faisait vibrer. Il suffisait que je me mette à le défier pour ressentir toute la haine du monde se charger dans nos cœurs meurtris et n'en déverser qu'un amour inconditionnel. À ce moment, j'aurais pu lui sauter à la gorge et le laisser me faire l'amour.

Toni se releva brutalement de la table de soin en marmonnant.

– Si tu...

Je ne lui laissais pas l'opportunité de poursuivre.

– Et si j'avais moins de patients qui se blessent bêtement, je terminerais plus tôt.

– Parfois le chat attire la souris, le sermonnais-je, affichant un sourire éblouissant.

Je me préparais à quitter le box en étirant au maximum les rideaux de séparation.

– Sur ces belles paroles Messieurs, je vous souhaite une radieuse journée.

Sarcastique, je m'éloignais. Je croisais de nombreux regards posés sur moi, du reste du personnel intrigué, mais je continuais mon chemin en vainqueur.

– Pauvre Nick, il n'a probablement rien compris à ce qui venait de se produire, songeais-je, me retenant de rire.

Après un bref arrêt aux toilettes, je passais par le secrétariat.

– Salut, tu as encodé mon dernier trauma ? m'informais-je auprès de l'administratrice.

Elle vérifia sur son ordinateur. Je patientais en m'appuyant sur le comptoir.

« Quel talent d'actrice », me congratulais-je mentalement.

– Non, je n'ai rien.

Elle semblait ennuyée, tripotant son clavier à la vitesse de l'éclair.

– Je te l'ai envoyé pourtant, je devais aller aux toilettes.

– Depuis la naissance de la petite, je n'arrive plus à me retenir comme avant, lui mentais-je adroitement.

– Oui, j'ai eu le cas pour mon deuxième, me déclarait-elle à son tour. J'ai dû faire de la kiné durant des mois.

La Colle

Après un bref retour sur son ordi, elle conclut.

– Non, écoute, je ne trouve rien.

– Pff, on s'est fait avoir, encore un patient sans assurance.

– Ça arrive tu sais, ne te tracasse pas je vais m'en occuper.

Je la remerciais en m'éloignant.

– Problème réglé. Tu es géniale, me félicitais-je, admirative de ma capacité à manipuler de pauvres spectateurs de ma malhonnêteté.

Je savais pertinemment que si Toni s'était présenté, je n'aurais pu m'occuper de lui et pire... Même le plus idiot de mes collègues en aurait forcément conclut à un coup de couteau. Ceci entraînant cela, une déposition à la police aurait été inévitable, et vu ses antécédents, nous étions de retour à la case départ.

Longeant le couloir de sortie et affichant un faciès ennuyé, je simulais la recherche de mon patient égaré. Une main me tira vers un renfoncement menant à un cagibi. Attrapant mon cou et me collant au mur, il m'embrassait fougueusement.

– Tu en as mis du temps, chuchotait-il entre deux respirations.

J'enroulais mes bras autour de son cou et accentuais son étreinte.

– Tu es fou d'être resté, je te croyais déjà parti.

Mes yeux se révulsaient, tandis que la bouche de Toni glissait vers mon cou. Il déplaça sensuellement sa prise dans ma nuque, laissant son bras meurtri pendre, inerte.

– Tu souffres ? m'inquiétais-je en lui caressant l'épaule.

Quelques auréoles sanguinolentes apparaissaient déjà par-delà les compresses de gaze.

– Ce n'est pas grave, essayait-il de me rassurer en glissant sa main valide sous mon chemisier.

Il semblait fiévreux, notre petit jeu ayant de toute évidence éveillé certaines ardeurs simultanées. Je le laissais me caresser, esclave de ses doigts faisant rosir ma peau.

– Arrête, je n'arriverai plus à aller travailler, balbutiais-je transcendée.

Ma bouche prononçait « stop » et mon corps en redemandait. Je me mis à mon tour à le caresser à travers son jean. Il appuya le poids de son corps sur le mien, me paralysant contre le carrelage du mur. J'arrivais à deviner l'étendue de son excitation à travers ses vêtements. Il releva ma jupe.

– Pas ici, repris-je mes esprits et bloquais-je son geste.

– Alors rentre à la maison, me suppliait-il en m'embrassant à nouveau.

– Parce que ton ego souffre ? le taquinais-je à nouveau.

Il m'était impossible d'imaginer continuer à travailler dans l'état où il m'avait mise. Je capitulais.

– Donne-moi dix minutes.

J'invoquais une migraine persistante pour raccrocher ma blouse pour le reste de la journée. Le temps de récupérer ma fille, je rentrais m'envoyer en l'air tout l'après-midi.

« Je battais tous les records de crise de conscience ce jour-là... » pensais-je.

Cette petite complicité entre nous ce matin-là avait stimulé nos sens à tous les deux. Je nous comparais à « Bonnie and Clyde » allongée sur son corps dénudé, brillant de sueur.

Dans les jours qui suivirent, j'eus enfin l'impression que le vent tournait en notre faveur, du moins au niveau professionnel. Toni signait un gros contrat avec un garage concurrent et ma revue battait des records de vente incroyable. L'éditeur avait l'intention de la publier en dehors de l'Amérique Latine, ce qui nous valut à Nick et moi une photo en première page en guise de reconnaissance et une dispute supplémentaire d'une semaine avec mon chéri.

Je décidais de passer du temps avec Maria et Mia. Une journée shopping nous distrairai toutes les trois. Je rhabillais ma fille de la tête aux pieds. Dévorant une glace, nous discutions de tout et rien.

– Une agence de voyage, pleurnichais-je en scrutant les panneaux publicitaires.

– Il n'est toujours pas décidé ?

J'haussais les sourcils. Déçue.

– Ce n'est pas maintenant que je vais réitérer une demande, grommelais-je en abandonnant la vitrine de mes rêves.

Nous continuions à avancer lentement. Il faisait agréable de se promener dans le centre commercial, l'air frais de l'air conditionné et la lumière traversant les larges baies vitrées inondait les allées entre les boutiques. Au centre, de petites échoppes se dressaient pour combler le vide et atténuer le vacarme des promeneurs. Nous nous arrêtions dans l'une d'elle afin de nous désaltérer.

– Raconte, quémandait Maria en parlant de la tension plus que palpable entre Toni et moi.

Je lui racontais brièvement l'épisode de l'hôpital et bifurquais sur la photo.

– Il exagère, se fâchait-elle.

Fernando lui avait aussi confié qu'au boulot il était de plus en plus invivable. Je me flanquais à rire.

– Les pauvres… pensais-je à son frère et Miguel.

Ils devaient le subir toute la journée, tandis que moi, j'avais l'image mais pas le son durant quelques heures en soirée.

– Il est à cran, en ce moment, prenais-je sa défense.

– À cause du boulot ? s'informait mon amie.

Je soupirais en haussant les épaules.

– Non, tout va bien pour le moment.

Elle connaissait mon appréhension à discuter de son côté obscur mais je lui glissais tristement :

– Je trouve qu'Emilio lui téléphone souvent.

Je la voyais attendre une continuité à mon affirmation.

– Je n'en sais rien… Il s'isole à chaque fois.

Je reposais mon verre vide sur la bancale petite table qui nous séparait. Depuis sa sortie de prison j'occultais cette partie de sa vie pour me préserver. J'avais bien tenté de lui demander de tout quitter au début mais lasse d'essayer en vain, je préférais rester en retrait. Je vis Maria fixer un point derrière moi. Elle fit un léger mouvement de bascule pour me retirer de son champ de vision.

– Ne te retourne pas, mais je crois qu'on est suivie, me murmurait-elle en gardant sa paille dans la bouche.

Désobéissante, je jetais un œil furtif par-dessus mon épaule.

– Toni n'irait pas jusque-là, il risque juste de nous faire devenir parano, la réconfortais-je en plaisantant.

Je n'arrivais pas à lui décrocher le moindre sourire, elle semblait inquiète et effrayée.

Non, rien à voir, ce n'est pas des gars à Toni.

Elle commençait à me stresser.

– Maria…

Elle ne répondait pas, fixant maladivement devant elle.

Maria !!! insistais-je.

Elle posa son verre sur la table, le visage blême et pâle.

– On bouge ! le lança-t-elle autoritaire.

Je la suivais sans comprendre ce qu'il se passait réellement. Elle marchait d'un pas rapide sans faire d'escale.

– Ne te retourne pas et avance ! paniquait-elle.

Au bout de dix minutes à arpenter les couloirs sans connaître notre destination, je la stoppais en la saisissant par le bras.

– Si tu veux, on rentre.

Elle m'attrapa à son tour et me tira dans un magasin de lingerie fine.

– Ici on ne risque rien, hors de question qu'on sorte d'ici, balbutiait-elle, tremblante.

Je commençais à trembler.

– Stop, Malau, me raisonnais-je inconsciemment.

Pensant à ce qui ressemblait à une crise d'hystérie collective, je me concentrais sur les articles des rayons.

– Tu dois te tromper, nous rassurais-je en faisant glisser les bodys en dentelle sur la tringle métallique.

Elle ne me répondait pas, fixant la porte du magasin, comme un prêtre attendant la venue du messie.

– Que penses-tu de celui-ci ? lui demandais-je en lui présentant un dessous rouge assez sexy. Ça peut résoudre n'importe quelle dispute, me marrais-je seule.

La voyant complètement dans une autre dimension, je culpabilisais de mon attitude enfantine.

– Si tu m'expliquais, on trouverait une solution, reprenais-je mon sérieux.

La tristesse remplaçait d'un coup la peur dans ses yeux.

– Je sais juste ce que mon frère et mon homme me raconte.

J'évitais de l'interrompre lui accordant toute mon attention.

– Il paraîtrait qu'Emilio aurait foiré un transfert.

Je soupirais de colère et levait la main afin de stopper son élan.

– Mais enfin, se fâchait-elle. Tu ne peux pas faire l'autruche à ce qu'il se passe dans ton couple. Il s'est pris un coup de couteau !

– Que veux-tu que je fasse ? lui criais-je déchaînée. L'attacher ? poursuivais-je sur un ton identique.

L'augmentation des décibels de notre discussion firent se retourner d'autres clients. La vendeuse s'approchait de nous.

– Vous avez fait votre choix, Mesdames ? demanda-t-elle, mielleuse.

Je lui tendis mon déshabillé rouge que j'avais gardé dans les mains sans m'en rendre compte.

– Pardon Maria, je n'aurais pas dû m'emporter mais les cicatrices internes de toute cette histoire sont encore fraîches et je suis morte de trouille à l'idée de retomber malade, m'excusais-je en me dirigeant vers le comptoir.

Je réglais mon achat et saluais la vendeuse.

– Vas-y, je t'écoute mais on sort d'ici, on a trop attiré l'attention à mon goût, lui imposais-je la condition.

– Ils sont toujours là, déclarait-elle en passant la porte.

Effectivement, je vis les deux types nous fixer dès notre sortie. Le front couvert par des bandanas, dépassant légèrement sur le bord de leurs lunettes de soleil, ils restaient stoïques. J'avouais mentalement que leur attitude pouvait inquiéter mon amie et par la même occasion, ma petite personne.

– Continue ! me décidais-je enfin à l'écouter.

Nous poursuivions notre fausse promenade, dissimulant le moindre signe de nervosité.

– Javier a filé un job à Emilio et il s'est planté, m'expliquait-elle, essayant de maintenir un ton calme.

Elle attrapa son téléphone et composa un numéro.

– Fernando ne répond pas et le portable de mon homme est dans mon sac.

– Attends, reprend depuis le début.

Je secouais la tête histoire d'y mettre de l'ordre.

Qui est Javier ? l'interrogeais-je maladroitement.

Elle fronça les sourcils, étonnée de ma question.

– Le patron d'Emilio, l'ancien patron de Toni.

Il était clair que jamais je n'avais eu connaissance de cette personne ; ni même entendu prononcer ce nom. Elle poursuivait.

– Un autre gang aurait dû avoir la transaction mais Emilio a déconné à ce qu'on raconte.

– Je ne comprends pas ce que toi et moi venons faire là-dedans, restais-je incrédule.

– Je ne crois pas que ce soit à moi qu'ils en veulent, semblait-elle ennuyée.

Mais cela revenait à l'identique.

– Pourquoi diable ces deux mecs en auraient après moi ?

Elle avait finalement fini par me terroriser autant qu'elle, je décidais d'appeler Toni. Je ne fus bien évidemment pas étonnée qu'il ne répondît pas.

– Tu es sûre ??? insistais-je avant de prendre une décision que j'étais déjà en train de regretter.

– Ils portent les tatouages du gang adverse et nous suivent depuis plus d'une heure Malau ! Oui, je suis sûre !

– OK, je respirais profondément en fermant les yeux.

J'entendis Maria murmurer.

– Non, reviens, t'es complètement folle !

Puisque qu'aucun de nos hommes attitrés ne répondaient à nos appels de détresse et que nous nous trouvions en quelque sorte prisonnière à notre insu, je décidais de prendre les choses en main en me dirigeant vers eux. Je sentais le regard de Maria au loin et pouvais presque percevoir les blasphèmes qu'elle devait prononcer.

– Mon amie et moi-même se demandons pourquoi vous nous suivez, leur lançais-je en gardant une certaine distance.

Ils se flanquèrent à rire, ce qui eut pour objectif de me déstabiliser. Je restais sereine et concentrée. Quand ils eurent terminé leur esclandre, le plus petit siffla.

– Monsieur Javier aimerait te rencontrer.

Maria avait raison sur toute la ligne.

« Reste calme », me répétais-je courageusement.

– Et pour ma copine ?

Il se frotta la barbe mal rasée et jeta un regard sur Maria par-delà ses lunettes noires.

– Elle peut se casser, elle ne nous intéresse pas.

Ils arborèrent tous deux un sourire effrayant.

– J'ai besoin de médicaments pour ma fille et je vous suivrai, dis-je pour essayer de gagner du temps.

Je rejoignais Maria calmement.

Prends ma fille et file au garage.

Elle posa sa main sur mon bras.

– Je n'irai nulle part sans toi.

– On n'a pas le choix Maria, insistais-je.

Je me pinçais l'arrête nasale, camouflant ma bouche pour que mes deux cerbères ne puissent lire sur mes lèvres.

– J'ai invoqué la pharmacie d'urgence, elle est toujours blindée à cette heure. Dis à Toni de se rappliquer en vitesse.

Elle ne bougeait pas d'un pouce.

– J'ai besoin de toi sur ce coup-là Maria, grouille toi.

Ma voix tremblait. Je m'éloignais sans me retourner. Priant que mon endroit de prédilection soit pris d'assaut, je devinais ces crapules à mes trousses.

« Plus vite bébé », lançais-je un appel au secours à Toni par la voix de la pensée.

Je me glissais soulagée dans la file d'attente. Une main posée sur mon téléphone, discrètement dans ma poche, j'attendais la vibration d'un message qui me tirerai d'un destin funeste. À chaque personne qui sortait chargé de leur traitement, la file diminuait. Je ressentais le sentiment d'impuissance d'un condamné qui avançait vers la potence.

– Il veut juste te parler, Malau, imaginais-je un dénouement heureux le cas où mon homme n'arriverait pas.

Le téléphone vibra. Je me retournais pour y jeter un coup d'œil furtif.

« Sors », notifiai-t-il à l'instant de « *bébé* ».

Je quittais ma place et rejoignais mes bourreaux.

– Il y a trop de monde, je ne voudrais vous faire perdre votre temps.

Censée les suivre, je les devançais, fuyant vers le hall d'entrée et cherchant discrètement mon super héros à ma rescousse. J'entendais ces abrutis se congratuler à quelques centimètres de moi. Nous passions le portique d'entrée. À la vue de Toni, j'eus envie de courir et mon pas se pressa instinctivement. L'un des deux posa sa main sur mon épaule pour me retenir. Appuyé dans un semblant de sérénité contre la portière de sa voiture, il se redressa brusquement au geste incongru du bougre qui n'avait pas eu le temps de se rendre compte du danger.

– Mauvaise idée, lui signalais-je prétentieusement en ôtant ses doigts de la bretelle de ma blouse.

Ils reculèrent d'un pas à la vue de mon homme, qui, contre toute attente, restait d'un calme olympien.

– Enlève ta main de ma femme, lui grognait-il la mâchoire serrée.

Je ne pus m'empêcher de sourire à mon sauveur.

– Bebesita, monte dans la voiture, m'ordonnait-il en me rendant ma marque d'affection.

Bien que je prenais toujours un malin plaisir à lui désobéir à un ordre direct, je ne me fis prier en devançant sa requête. Ils restèrent un bon moment à discuter tous les trois.

– Toi qui t ,attendais à des effusions de sang, me moquais-je de moi-même.

Tout se passait dans le calme et limite… La courtoisie. Toni revint dans la voiture et démarra en trombe. Je détournais le regard, ne cherchant aucune explication.

– Il faut que nous allions chez Javier.

Il ne prononça plus un mot durant le trajet. Il m'emmenait dans un coin de l'île que je n'avais encore visité. Longeant le bord de mer pendant un bon bout de temps, je regardais des bateaux de plus en plus luxueux se rapprocher de nous. Il s'arrêta face à l'un d'eux. Silencieux, il resta un moment fixé et le regard vide. Il attrapa ma main.

– Je dois m'attendre à quoi ? murmurais-je à son geste.

Il porta mes doigts vers sa bouche.

– Je n'en sais rien, soupira-t-il en maintenant sa prise.

Il semblait inquiet et son attitude inhabituelle ne me rassura pas le moins du monde.

– Tu t'effaces et tu me laisses gérer, dit-il en bondissant hors de l'habitacle.

Nous montions à bord d'un yacht de luxe en traversant une petite passerelle. De minuscules vagues la faisait doucement tanguer et je fixais les reflets du soleil sur cette immensité miroir de couleur cristalline. Je suivais Toni sans rechigner et sans une once de réflexion.

À ce moment, le vide total dans mon esprit, le néant s'installait à ma propre stupéfaction. Moi, qui à mon habitude essayait toujours de tout contrôler, je me sentais dépourvue, m'engouffrant tête baissée vers l'inconnu.

– Peut-être avais-je tellement confiance en lui, qu'un sentiment de sécurité était omniprésent à ses côtés, imaginais-je.

Nous stoppions le pas brusquement. Deux énormes brutes effrayantes nous barraient le passage à l'avenant d'une porte d'un blanc immaculé. L'un d'entre eux s'avança vers mon protecteur et le fouilla brièvement. Terminant ce qui devait être sa seule occupation de la journée, il fit mine de s'approcher de moi. Téméraire, car cette montagne devait faire deux têtes en plus que lui, mon homme l'arrêta net.

– Tu ne la touches pas.

Il bloqua son élan d'une simple main posée sur son torse. Toni poussa la porte et sur le point d'emboîter son pas, il se retournais vers moi.

– Donne-lui ton sac, bébé.

– Il l'enleva lui-même de mes mains pour le remettre au molosse. Nous pénétrions à l'intérieur du paquebot. Le salon, orné de bois vernis, était plus grand que certaines pièces de la maison que j'avais occupé à mon arrivée dans mon pays adoptif. Curieuse, je scrutais le moindre recoin de cette splendide habitation.

– Je pourrais passer des heures à cette fenêtre avec cette vue, écarquillais-je mes yeux.

Le retour de mon sac me fit redescendre sur terre.

– Antonio ! s'exclama une voix du fond de la pièce.

Un grand type à l'allure snob nous souriait de toutes ses dents blanches, nous invitant à avancer vers un immense bureau de teinte plus foncée que les boiseries murales.

– Je vous en prie mes amis ne restez pas debout, nous sollicitait-il à nous asseoir.

Toni, consciemment ou pas, retourna la chaise et l'enfourcha. J'interprétais son geste par la mise en place d'une barrière entre lui et cet inconnu.

– Javier, prononçait-il du bout des dents en appuyant ses avants bras sur le dossier de son siège.

– Ta charmante femme, je suppose.

Je restais muette aux présentations et ne lui rendit que l'affable grimace dont il s'affûtait. Sa voix mielleuse à la syntaxe presque parfaite démontrait un certain niveau d'éducation mais il n'en était moins un escroc déguisé dans un costume de bonne coupe. Le genre d'homme à amasser toujours plus d'argent, à rechercher l'abondance par tous les moyens sans jamais s'être salit les mains.

– J'ai sollicité ta présence car nous avons un petit problème, Antonio.

Rien qu'entendre sa façon de prononcer son nom m'horripilait. Sa voix glaciale mais chantante accentuait la prétention avec laquelle il nous recevait. Un parfum d'hypocrisie dissimulé derrière une figure sournoise et fourbe embaumait ce démon de la tête aux pieds.

– Je suis désappointé, Toni, où est passé mon argent ? Nous avions un accord, me semble-t-il, poursuivait-il en se servant un verre d'alcool, décantant dans une bouteille sans étiquette.

Il se rassit en humant son verre et attendant une réponse de son interlocuteur qui arborait un visage ennuyé.

– J'en sais foutre rien, Javier, je te l'ai déjà dit.

Toni se passa les mains sur le visage et sa jambe commençait à trembler de rage.

– Que deviendrait le monde, si nous ne pouvions plus avoir confiance en sa propre famille Antonio. Rappelle-toi ce que nous avons fait pour toi.

« Sa famille, c'est sa fille et moi, abruti », soupirais-je pensive.

– Je t'ai dit que j'allais te rembourser. Personne n'a accès au coffre du garage. Il s'agit d'une erreur et pas d'un vol, s'expliquait-il en gardant un calme camouflé.

Javier hocha la tête.

– J'ai une confiance aveugle en chaque mouton de mon troupeau, Toni, mais dans ton cas, après avoir tourné le dos à ta famille si longtemps...

Il resta silencieux quelques instants et repris.

– Tu as perdu ton nom, tu serais plus comme le chien du berger, sans vouloir être offensant.

Il se flanqua à rire démonstrativement. L'entendre salir le nom de l'homme que j'aimais en toute impunité et devoir me taire fût une réelle torture pour mon esprit. La porte arrière s'ouvrit bruyamment et cinq hommes firent leur apparition. Me retournant, je reconnu les deux imbéciles du centre commercial parmi eux.

– Et puis... Dix mille dollars n'est pas une modique somme. Pour toi, bien entendu. Moi, tu me diras, c'est une bagatelle.

Il faisait valser le breuvage de son verre en admirant les reflets pourpres qu'il dégageait. Son air vaniteux et satisfait provoquait en moi une haine incommensurable.

« Tout ce cirque pour dix mille malheureux dollars », songeais-je en attrapant mon chéquier.

Antonio me fit discrètement un geste négatif de la tête mais ma démarche sembla ravir notre hôte.

– Et bien, je pense que toute cette histoire ne sera bientôt plus qu'un mauvais souvenir, s'empressa-t-il d'en conclure.

Je me levais pour lui remettre le chèque contre signé. Il ne bougeât pas d'un poil afin de le réceptionner. Un petit maigrichon en costume cravate s'avança et me le saisit des mains.

– Vérifie, ordonna Javier en finissant son verre d'une gorgée.

L'homme disparût à l'arrière du bureau par une seconde porte dérobée.

– Je pense que nous allons avoir un très bel après-midi, grimaçait-il à nouveau en regardant par la fenêtre.

Le petit homme refit son apparition et cette fois, remis mon chèque à Javier. D'un signe affirmatif, il confirmait la validité de notre transaction.

– Nous en avons presque terminé, faisait-il un signe aux hommes restés en retrait.

Je tiquais instantanément sur la conjoncture de sa phrase. Trois lourdauds se jetèrent sur Toni pour le maintenir sur son siège. Instinctivement, il se défendit. Je bondis à mon tour de ma chaise à l'égal d'être installée sur la chaise électrique et y avoir ressenti une décharge.

– Ne vous tracassez pas très chère, il ne risque rien. Rasseyez-vous, je vous en prie, insistait-il poliment.

Je m'exécutais, paniquée. La chaise de Toni grinçait sur le parquet, malgré le poids qu'elle portait. À trois, ils galéraient à le contenir.

– Tu ne croyais certainement pas que ce serait si facile, Antonio. Le prix est identique pour chacun de mes agneaux.

Il avait subitement perdu sa gaieté initiale et laissait place à la cruauté. Avec de larges mouvements d'épaules, mon amour essayait de se dégager, faisant reculer l'un après l'autre ses assaillants. Un monstre s'approcha de moi, un cran d'arrêt à la main. Il passa la lame dans mes cheveux en riant.

– Javier, je te préviens que celui qui la touchera mangera ses morts, toi y compris, hurlait-il en arrivant à se relever, soumettant chacun de ses agresseurs à sa force.

– Elle s'est engagée à payer ta dette Toni, que veux-tu… Les règles sont les règles.

J'étais terrorisée, tant pour lui que pour moi. Je le fixais dans les yeux pour y puiser un soupçon de courage.

– Bloquez-le une fois pour toute ! se fâchât Javier sur ses hommes.

L'un d'entre eux contourna Toni et lui plaça un sac plastique sur la tête. Je le regardais perdre en force à mesure où sa respiration se désamplifiait.

– Votre main, très chère, insistait Javier en me défigurant.

Voyant mon homme suffoquer, je la lui tendis. Il glissa la lame dans la paume de ma main, éclaboussant au passage mon sac et un morceau du tapis dépassant des pieds du bureau. Javier fit un mouvement de la main vers Toni qu'on délivra de sa torture. Il vint m'apporter une serviette afin d'arrêter d'inonder de sang sa luxueuse demeure.

– Et bien mes amis, ce fut un plaisir, conclut Javier en quittant la pièce.

Toni, reprenant son souffle, lança un ultime sourire à Javier et ses hommes. Un geste qui à mes yeux eu plus de signification que tout ce qui venait de se passer. Il n'eut pas à prononcer un seul mot, pour que j'attribue à son acte une gravité sans pareille. Il fallait me rendre à l'évidence que bien qu'une bataille fût victorieuse avec Hector, nous nous trouvions devant un nouvel affrontement. Certainement avions nous dépassé le point de non-retour, et la guerre était déclarée.

De retour à la maison, nous mangions frugalement, mais je me jetais sur une quantité astronomique de fraises entourées de sucre et de crème fraîche. Maria, briffée sur notre mésaventure se proposa de garder Mia pour la nuit. Je m'affalais dans le canapé dans les bras d'Antonio. La télévision fonctionnait juste pour combler le silence qui régnait dans la maison. Il m'avait aidé à faire un pansement correct.

– Tu as mal ? s'inquiétait-il en me caressant la main.

J'avais tant de chose sur le cœur, que ne sachant quoi dire, je me taisais. Je le laissais triturer mes cheveux, en dévorant mon dessert. Une gigantesque boule à l'estomac me torturait. Je reposais le bol vide sur la table basse et reprenais ma place contre lui. J'aimais par dessous tout le parfum de sa peau. Me blottissant un peu plus, je m'enivrais de cette fragrance devenue une addiction. Il remarqua mon attitude et me serra plus fort contre lui. Sans tristesse ni colère, ne sachant nommer l'émotion que je gardais enfouie au plus profond de moi, je laissais couler mes larmes et tentais de les camoufler. Il leva mon visage et déposa un doux baiser sur mon front.

– J'ai peur, sanglotais-je.

Un sentiment qui s'était évanoui, refaisait surface. Me rendant compte qu'avoir lutté durant des mois n'avait strictement servi à rien, je me repliais à nouveau dans ma bulle anxiogène.

– Je ne laisserai jamais personne te faire du mal, me murmurait-il amoureusement.

Je glissais mes doigts sur ses bras et remontais vers son épaule où la cicatrice encore fraîche laissait apparaître une ébauche de croûte.

– Je sais, soupirais-je au réconfort qu'il m'apportait.

Je ne voulais à aucun prix gâcher ce moment mais les mots restaient coincés au fond de ma gorge, bloqués entre mon ego et mon âme.

– J'ai peur de te perdre bébé. Ce n'est pas cette vie que je veux pour notre famille.

Il augmentait son étreinte.

– Moi non plus. Je vais m'occuper de ça.

Je lui souriais, confiante. Je glissais ma main dans son pantalon.

– Tu fais quoi ? s'étonnait-il de mon envie soudaine.

– Je vérifie que l'autre main fonctionne encore.

Il éclata de rire.

– Et quel est votre diagnostique docteur ?

– C'est à toi qu'il faut le demander, lui retournais-je la question en sentant mes caresses l'émoustiller.

Je me mis à l'embrasser sensuellement. Laissant mes lèvres glisser doucement sur les siennes. Jouant à lui présenter ma langue et à lui abandonner totalement. Ses baisers ressemblaient à la mousse fine d'un lait chaud, auquel on aurait ajouté une touche de miel. Si léger, onctueux et à la fois si torride et profond. Je me redressais pour le chevaucher.

– Fais-moi l'amour, quémandais-je en lui mordillant le lobe de l'oreille.

Je descendais ma bouche dans son cou et balançais mon corps sur le sien. Ses mains brûlantes remontèrent sous ma blouse et consumèrent ma peau. Addict à ses câlins, j'en redemandais.

– Viens, on monte, me chuchotait-il langoureusement.

Nous montions sur la pointe des pieds, prenant garde à ne pas éveiller Santina qui s'était à nouveau assoupie dans son fauteuil. Je le poussais sur le lit, me montrant entreprenante. Ce jeu entre nous n'eus pas l'air de lui déplaire. Me déplaçant sensuellement à l'allure féline, je reprenais ma place allongée sur son corps. Ses baisers délicats sur ma poitrine me hérissaient les poils et je commençais à frissonner.

– Tu as froid ?

Je répondais négativement à sa question en hochant la tête.

– Ça doit être la température extérieure qui est plus basse que celle de mon corps, lui susurrais-je en l'embrassant.

Il sourit à ma réplique. Je me sentais prendre feu sous ses doigts et plus je me collais à lui en me frottant à sa peau, plus il attisait ce feu. J'atteignis très vite le septième ciel en explosant dans un orgasme démesuré. Le temps de reprendre mes esprits, je parcourais le moindre recoin de son anatomie de ma langue. Lui rendre l'extase qu'il m'avait offerte étant mon seul délit. Je pus percevoir ses gémissements de plaisir tandis que je m'occupais de lui. Abandonnant ma pudeur au moindre de ses caprices les plus salaces. Notre lit devint très vite le berceau des pêchers capitaux de luxure et de gourmandise, jusqu'à ce qu'à son tour il jouisse d'un plaisir divin.

Le lendemain matin, je prévenais l'hôpital de mon incapacité de travail. Nous étions vendredi et n'étant pas de garde du weekend, je ne perdais en réalité qu'une seule journée. Toni se leva un peu après moi. Je m'étonnais de l'heure tardive à laquelle il descendait.

– Tu ne vas pas travailler ?

Il secoua la tête et m'embrassa sur la tempe.

– Je te prépare un petit déj ? lui demandais-je en terminant le mien.

Il réitéra son geste négatif.

– Juste du café, bébé, s'il te plaît.

Il alla s'affaler sur le canapé.

Santina, chipotant dans la cuisine me passa la cafetière. Lui servant une énorme tasse de café noir, je rassurais Santina.

– Il n'a pas beaucoup dormi.

Je me retins de rire, pensant à nos ébats nocturnes. Je déjeunais debout dans la cuisine, comme à mon habitude, tenant compagnie à Abuela.

– Tu t'es blessée ? fixait-elle mon bandage.

– En coupant des fraises hier soir, choisissais-je de la préserver en lui mentant.

Je dévorais mon déjeuner en planifiant ma journée de congé improvisée. Oublier notre mésaventure de la veille était impératif à ma santé mentale.

– J'ai vu que tu avais mangé tout le ravier.

Je me mettais à rire.

– J'en reprendrai au marché tout à l'heure, j'en ai encore envie.

Toni se mit à tousser. Débarrassant notre vaisselle, je lui proposais de remplir sa tasse.

– Tu n'iras nulle part, niait-il ma question.

Je restais stoïque.

– Je vais aller rechercher Mia avant que Maria ne commence à bosser et je repasse par le marché. Je n'en ai pas pour longtemps.

Il saisit ma main pour me retenir.

– J'irai moi-même.

Voyant doucement où il voulait en venir, je m'assis à ses côtés. Je parlais à voix basse pour ne pas éveiller la curiosité de sa grand-mère.

– Me séquestrer ici n'arrangera rien.

– Et pourtant… se montrait-il autoritaire à nouveau.

Je me relevais en colère. Encore une fois, il me posait un ultimatum où mon choix s'imposait sur sa personne ou la mienne. Lui désobéir entraînerai à coup sûr une nouvelle dispute entre nous et le cas contraire risquait de me rendre malade. Mon agoraphobie reviendrait sans crier gare. Ma santé mentale valait plus cher à mes yeux que la peur de subir ses foudres, je décidais de n'en faire qu'à ma tête.

– Je te prends autre chose au marché ? demandais-je à Abuela en enfilant un gilet.

Je prenais un morceau de papier afin d'y inscrire les courses. D'une main anxieuse, j'écrivais « *fraises* » en haut de la liste. Santina s'approcha pour vérifier un éventuel oubli.

– J'en ai mangé des fraises quand j'étais enceinte, me souriait-elle.

Je fixais Toni dans le fauteuil qui montrait des signes d'agitation.

– C'est vrai ? Je ne me rappelle pas avoir eu d'envie particulière pour Mia, répondis-je dans le vague en surveillant l'attitude de mon homme.

Je me retournais sur elle et me choquais d'une mimique qui ne m'étais pas inconnue. Me rappelant qu'elle avait deviné ma première grossesse, j'eus un semblant de sueur froide.

– Non ! Me flanquais-je à rire nerveusement. Tu te trompes cette fois, lui assurais-je en attrapant mon sac.

Toni bondit du fauteuil et me saisit par le bras.

– J'ai dit non ! hurlait-il après moi, en claquant la porte à mon nez.

Je tentais la négociation.

– Écoute bébé, tu sais pourquoi j'ai besoin de sortir. Il est hors de question que mes vertiges reviennent. Je t'aime. Si tu as envie de me le faire à nouveau payer, vas-y, fais toi plaisir.

Je partais, le laissant sur place. J'abandonnais l'idée de la voiture au profit de m'aérer l'esprit. Je commençais par le marché et terminait par la supérette. Je me congratulais mentalement, sachant avoir pris la bonne décision. N'ayant plus que du shampoing à cocher sur ma liste, je ne m'y attardais pas, allant directement vers le rayon approprié. Un coup d'œil rapide sur ma montre me fis prendre conscience du timing restreint qu'il me restait pour récupérer ma fille. Je me dépêchais. Un signe de l'univers plaça les tests de grossesse dans l'allée que j'empruntais.

– Non, c'est impossible, me rassurait ma conscience en poursuivant mon chemin.

J'attrapais un flacon au hasard et rebroussais chemin.

– Et merde ! doutais-je en agrippant un test HCG au vol en me dirigeant vers la caisse.

J'arrivais en trombe chez Maria, essoufflée.

– C'est moi, criais-je en entrant les bras chargés d'un sac rempli. Toni, inquiet, m'attendait.

– Tu étais où ? se relevait-il soudainement.

– Je faisais les courses.

Je déposais un bisou sur sa bouche avant d'embrasser ma fille et mon amie. Maria devait partir au boulot, nous n'avions pas le temps de nous attarder et nous reprîmes la route assez rapidement. Ma fille, les courses, avec une seule main valide, je n'étais pas mécontente que mon prince charmant soit venu à ma rescousse.

Le lendemain matin, je sorti doucement du lit, évitant de l'éveiller. À pas de loup et prenant garde de ne pas faire grincer ni le plancher, ni la porte, je m'engouffrais dans la salle de bain. Je déballais habillement la tigette urinaire, dissimulée la veille.

– Arrête de stresser, Malau, urinais-je tant sur mes doigts que sur ce maudit test.

Je le déposais sur le bord de l'évier et me lavais les mains. J'aurais préféré savoir résister, mais ne put m'empêcher de la fixer maladivement. Les minutes me semblaient si longues.

– Théorie de la relativité, Malau ! essayais-je de me divertir.

J'attendais, obnubilée par ces foutues lignes se colorant de plus en plus et ne disparaissant pas.

– C'est une blague ! m'asseyais-je à nouveau sur les toilettes.

Mon cerveau s'emplissait de doutes, de craintes, d'angoisses. Un phénomène de déjà vu au goût amer venait entacher encore mon existence. Je culpabilisais en posant la main sur mon ventre.

– Pauvre petit bonhomme, parlais-je à mon abdomen.

Il était certain que dans d'autres circonstances, j'aurais été euphorique, et Toni aussi.

– Mon Dieu, pensais-je à lui.

Mais comment diable allait-il prendre la nouvelle ?

Camouflant les déchets au fond de la poubelle, je retournais m'allonger à ses côtés. Il se retourna et me prit dans ses bras. Je me torturais une fois de plus, sentant la situation m'échapper.

Il devait être un peu plus de neuf heures quand nous descendions. La libido matinale de Toni ne se faisant oublier. Je saluais Santina en me dirigeant vers la cuisine. Son téléphone sonna au loin et il sorti dans le jardin pour répondre.

– Emilio, soupirais-je, inquiète.

Bien que ce fut un gentil garçon et qu'Antonio semblait lui accorder sa confiance, je ne pouvais lui octroyer de sentiments identiques à ceux que j'éprouvais pour Miguel et Fernando par exemple. Mon ego lui reprochant la conjoncture actuelle dans laquelle nous vivions, m'obligeait à m'en méfier. Rapidement, il revint dans la cuisine et m'annonça :

– On va manger chez Emilio ce midi.

Gardant ma tartine en bouche, je le fixais, étonnée de sa proposition. Enfin décision sans me consulter au préalable aurait été plus juste.

– Je ne peux pas, je dois faire l'insuline de ta grand-mère avant son repas, tentais-je d'y échapper.

Pensant avoir réussis, au moins à capter son attention, je continuais mon déjeuner. J'avais faim ce matin et mangeais plus qu'à l'habitude. La grossesse, ou du moins le fait d'en avoir connaissance, en était forcément la cause.

– Non, tu viens avec moi, je vais gérer, brisait-il mes espoirs.

La mine déçue et boudeuse je débarrassais la cuisine.

– Tu vas faire comment ? le dérangeais-je encore, concentré sur un amas de documents provenant de son garage.

Appuyée contre la table, j'attendais une réponse. Il leva les yeux doucement sur moi calmement, essayant de me préserver.

– Je vais demander au médecin de passer.

– Pourquoi m'en doutais-je ? pensais-je en montant me préparer.

J'eus à peine le temps de me doucher, qu'il se montrait pressant. Peut-être avais-je traîné un peu, mais je cogitais à quand et comment lui annoncer sa future paternité. « Comment », ne devant pas trop poser problème, il fallait encore choisir le bon moment.

– Ça y est ? hurlait-il dans la cage d'escalier.

– J'arrive !

Je soupirais.

– Seigneur, fait qu'il retourne travailler, priais-je en plaisantant.

J'attrapais mon sac et cherchais mon portable.

– Abuela ?

– C'est fait, m'assura-t-il.

Nous l'embrassions tous deux avant de mettre les voiles. Passant la porte, un frisson me parcouru de la tête aux pieds. Je me figeais, immobile.

– Ça ne va pas ? s'inquiétait-il en faisant demi-tour.

– Si, pourquoi ? faisais-je semblant de rien en me remettant en route.

Cette sensation ne m'était pas inconnue, depuis l'enfance je l'attribuais à mon intuition, un mauvais pressentiment.

– Je sais que tu n'as pas envie d'y aller.

Il mit le moteur en route.

– Il n'y a rien, ça va, lui assurais-je, gardant mon ressenti pour moi.

Il était clair que cacher mon désenchantement de cette petite sortie à Toni n'avait pas totalement fonctionné. Je détestais cette faculté qu'il possédait de pouvoir lire en moi comme dans un livre.

– Peut-être avais-je d'autres projets pour l'après-midi, détournais-je son attention.

Je glissais ma main entre ses jambes.

– Tu me rends fou, s'émoustillait-il en saisissant mes doigts.

Fière de ma manœuvre de diversion, je profitais du paysage. Sa conduite agressive et sûre de lui faisait virevolter mes cheveux au gré du vent. Un souffle rendant le trajet suffisamment divertissant pour me faire oublier la destination. Nous arrivions assez rapidement chez son ami. Une petite maison, ressemblant d'assez près à la nôtre se dressait devant moi. Je suivais mon homme, franchissant la porte sans nous annoncer au préalable.

Il traversa si vite l'habitat que je n'eus à peine le temps de me repérer. Je ne fus pas mécontente de voir qu'ils avaient prévu de nous recevoir dans le jardin.

Deux enfants d'une dizaine d'années chacun y jouaient. Une magnifique petite fille au teint basané et la tignasse toute bouclée vint me saluer en premier. Le garçon, à première vue plus jeune, restait en retrait, affichant une timidité plus prononcée que sa sœur.

La femme d'Emilio, assez familière, me mit vite à l'aise. Très jolie, au physique athlétique semblait dépareillée à son mari. Sa longue chevelure blonde teintée lui donnant un air plus doux, plus distingué que lui. Pourtant, vêtue similairement d'un jean troué et d'un t-shirt deux tailles trop petit laissant apparaître un piercing au nombril. Je fixais les tatouages qu'elle arborait le long de ses bras. Je pu distinguer sur l'un le prénom de ses enfants, mais le second attira mon attention. Le serpent, le même que Toni, et forcément, imaginais-je, identique à celui de son homme.

– Un souvenir de prison, lança Carolina à ma curiosité démasquée.

Je lui souris, gênée. Je ne pus m'empêcher de revoir en flashback, les policiers étaler les photos sanglantes sous mes yeux innocents lors de l'arrestation de Toni. Une souvenance qui me glaça le sang. Je regardais ma fille, me rassurant que tout était enfin terminé. Nous laissions nos moitiés respectives discuter entre eux et gardions une conversation plus féminine pour nous. Les enfants, et leur éducation en était le principal sujet. Le dîner se passa plutôt bien et je mentirais de dire que le moment ne fut agréable. Toni buvait un peu trop comme à son habitude mais je le laissais évacuer son stress.

– Je conduirai pour le retour, m'excitais-je à l'idée de toucher le volant de la Mustang.

Suivant Carolina vers les toilettes, nous les entendions rire. Un sentiment tendre m'envahit à cet instant. Celui d'un couple, rendant visite à des amis afin d'y passer une bonne soirée.

– Tu es sûre, tu ne veux pas une bière ? me proposait-elle.

Elle s'en décapsula une sous mes yeux envieux.

– Je fais le chauffeur ce soir, riais-je en dirigeant mon regard vers les deux lurons qui descendaient autant de bouteilles que les chutes du Niagara.

Les rejoignant, elle remit un paquet à son type.

– Tu veux ? proposait-il du crack à son acolyte.

– Non, je ne veux pas fâcher ma femme ce soir, refusait-il en me tirant sur ses genoux.

Soulagée, je l'embrassais. Il était un peu plus de vingt et une heure quand nous prîmes congé d'eux.

– Une bouffée d'air cette soirée, m'enthousiasmais-je.

La nuit nous appartenait et je décelais une lueur identique à la mienne dans ses yeux. Je tendais la main naïvement. Quel ne fut pas mon étonnement quand il me remit les clés de sa voiture.

– Il va neiger, songeais-je.

Conduisant prudemment, je rendis notre trajet un tant soit peu plus long.

– Emilio a de la famille au Mexique, comblait-il durant la durée du voyage.

– Et ?

– Tu ne voulais pas des vacances ?

Je croyais rêver. Me proposait-il enfin une échappatoire à notre éprouvante routine ? Mes yeux s'écarquillèrent.

– Tu pourrais y aller une semaine avec Carolina et Mia, brisait-il mes espoirs.

Je soupirais de rage.

– Tu ne m'évinceras pas pour mener ta vendetta, me mettais-je en colère.

Bouillonnant de rage, je me crispais sur le volant.

– Tu sais que je ne cherche qu'à te protéger.

Ces belles paroles n'eurent pas l'effet escompté. Je me fâchais à nouveau.

– Je n'irai nulle part sans toi ! Hors de question !!!

Je sentais une boule dans ma poitrine prête à exploser, à l'image des animés japonais lors d'un combat.

– Tu cherches juste la facilité !

Mes mains faisaient grincer le cuir du volant et une tache de sang réapparut sur mon pansement. Ennuyé de mon attitude, il se renfrogna un instant.

– Tu penses un peu à ta fille de temps en temps ? l'attaquais-je sournoisement.

– Si j'avais su, nous n'en aurions pas eu. Enfin, pas maintenant, marmonnait-il.

– C'est magnifique ! riais-je nerveusement.

Des larmes de rage s'écoulèrent de mes joues. Il les essuya du revers de la main.

– Bébé, tu sais que ce n'est pas ce que je voulais dire, essayait-il de s'excuser.

J'avais de plus en plus de difficulté à conduire. Mon corps tremblait et ma vue se brouillait de peine et de colère.

– Et moi qui cherchais le bon moment pour t'annoncer ta future paternité.

Je regardais fixement devant moi, n'osant affronter sa réaction.

– Gare la voiture, me demandait-il en passant ses doigts dans mes cheveux.

À peine avais-je enclenché le point mort qu'il me prit dans ses bras. Je sanglotais.

– Tu sais que si on ne met pas un terme à tout ça, nous ne serons jamais en paix.

À mes yeux et encore à cet instant, il ne cherchait que de vagues excuses à ces futurs agissements.

– Fais-moi confiance et laisse-moi gérer toute cette histoire.

Il me serrait si fort, qu'il me donna l'impression de tenter de recoller tout ce qu'il venait de briser en moi. Nous restions un moment à nous câliner, laissant notre fille s'assoupir dans son couffin, ficelé au siège arrière.

– On peut revenir en arrière et reprendre nos plans ?

Il ne m'aurait pas si facilement, avec ce ton mielleux qu'il utilisait tel une arme de guerre. Je résistais.

– J'ai plus envie, boudais-je.

– Ça aussi je vais gérer.

Sûr de lui, il glissa sa langue venimeuse dans mon cou. Je profitais de l'avantage.

– Et là ?

– Toujours pas, camouflais-je tandis que je fondais comme neige au soleil.

Ce dernier se couchait d'ailleurs et donnait à l'habitacle de sa voiture des reflets ocres et pourpres. Je sentais ses mains parcourir les contours de mon corps et me préparais doucement à la défaite. Sensible à peine il me touchait, je luttais contre ses caresses infernales. Ma fréquence cardiaque s'accentuait au rythme de ses baisers. Glissant ses doigts entre mes cuisses, je lui dévoilais un torrent d'excitation que je ne pouvais réfréner. Je me cabrais, perdant la notion de bienséance et laissant le désir m'emporter.

– Rentrons, me murmurait-il.

Nous reprenions la route rapidement, le pied un peu plus lourd sur l'accélérateur, motivée par la promesse de dévorer le fruit défendu, une fois rentré. Nos regards se croisaient, amusés, à l'égard de deux adolescents s'apprêtant à commettre une bêtise.

– Ne réveille pas la petite, chuchotais-je en détachant son couffin.

Presque au pas de course nous rejoignions notre foyer. Je fouillais mon sac pour trouver les clés, mais la visibilité réduite de la pleine ombre me posa problème.

– Pourquoi avais-je toujours besoin d'autant de babioles inutiles dans mon sac à main ? râlais-je en remuant le tout.

– Tiens, prends-la, me passa-t-il notre fille, exaspéré par mon cafouillage.

Il fouilla ses poches pour trouver enfin le Graal qui nous séparait de la fontaine de jouvence. Il l'enfonça dans la serrure, mais à notre stupéfaction mutuelle, la porte s'entrouvrit sans l'utiliser.

– Bizarre, Santina aurait oublié de refermer derrière nous, pensais-je, n'ayant pas le souvenir que ce soit arrivé un jour.

Toni me précéda, me laissant me charger de Mia si paisiblement endormie. Je la détachais en prenant garde de ne pas l'éveiller à tout prix. La délicatesse et le silence étant de mise, je me concentrais sur cette mission périlleuse sur le pas de la porte. Un vacarme énorme me fit tressaillir. L'impression que la maison s'écroulait et qu'une bagarre éclatait dans la pièce d'à côté me fit accourir.

– C'est une erreur ! hurlait cette crapule de médecin, tandis que Toni le tabassait à mort.

Ne comprenant pas tout de suite ce qui se passait, je me mis à crier son nom pour le faire réagir.

– Toni !!!!!

Aveuglé par je ne sais quelle rage, il lui portait de plus en plus de coups, le rendant bientôt semi-conscient. Je m'avançais pour essayer de le contenir quand j'aperçus le corps d'Abuela, gisant sans vie sur le sol. Je me couvrais la bouche, horrifiée de cette vision terrifiante. Tremblante de la tête aux pieds, un frisson me parcouru. N'arrivant pas à contenir ma terreur, je me tétanisais. Un chatouillement sur ma joue me fit prendre conscience que je pleurais sans m'en rendre compte.

– Bébé, prononçais-je en direction de mon homme se défoulant sur cette ordure.

Du sang en provenance de tous ses orifices faciaux giclait un peu partout dans la pièce.

– Amour ! hurlais-je paniquée et terrorisée.

Il leva les yeux sur moi. Chagrin et colère se mélangeaient harmonieusement dans le reflet de son âme. Sa hargne devint furie et partageant sa peine, je me laissais à mon tour aveugler par ma haine.

– Termine-le, l'encourageais-je à déchaîner ses foudres.

J'entendis le fracassement de son crâne sur le sol, broyant dans la foulée une grande partie de ses os faciaux. Une marre rouge, épaisse et visqueuse s'écoulait sous ce pantin inerte qu'était devenu sa victime. Toni se leva et se nettoya les mains grossièrement avec un chiffon de cuisine. Il se pencha sur le corps de sa grand-mère. Je le vis murmurer quelques mots à l'orée de son front pâle. Les poings à nouveau serrés, refoulant l'émotion qui l'envahissait. Impuissante, je gardais mon emplacement.

– Va te coucher, m'ordonnait-il en se relevant.

J'hochais la tête.

– Impossible, balbutiais-je.

Il se dirigea vers le téléphone. Il appela en premier lieu Emilio. Se débarrasser du cadavre ornant notre salon étant sa priorité. Il passa un second appel, demandant à Fernando cette fois de lui venir en aide. Je préparais du café, sur l'instant ce fut la seule idée qui me vint à l'esprit. Nous nous apprêtions à passer la plus longue et la plus difficile nuit depuis sa sortie de prison. À peine avait-il raccroché, qu'il se mit à envelopper ce déchet humain de plusieurs sacs poubelles. Je filais à l'étage et fouillait la garde-robe. Attrapant au vol un drap, je regardais mes mains.

– Arrête de trembler, Malau, me sermonnais-je.

Je redescendais couvrir le corps d'Abuela. Notre crime devenant notre priorité, je culpabilisais de délaisser l'unique cause de notre souffrance. Je fis couler de l'eau chaude dans un sceau dans le but d'effacer toute trace de lutte et éliminer ce macabre tableau qui commençait à me rendre malade. L'odeur de ce fléau envahissait peu à peu chaque recoin de la maison. Silencieusement, nous travaillions en équipe, essayant chacun de ne pas déranger l'autre. Je n'aurais de toute façon trouvé les mots adéquats pour l'apaiser. Tel un pilotage automatique, je me mettais à nettoyer. Ravalant mes propres sanglots, je m'activais. Il se pencha sur moi.

– Laisse-moi faire, déposait-il une main réconfortante sur mon épaule.

Je fondais en larmes.

– L'univers ne nous le pardonnera jamais, mâchais-je mes mots.

– Tu n'y es pour rien, c'est moi qui...

Un rictus nerveux vint à grimacer mon visage.

– On ne peut pas dire que j'ai fait quoi que ce soit pour t'en empêcher.

Je ne lâchais pas mon torchon, frottant et frottant encore cette encre visqueuse qui s'étalait, s'incrustait sous mes ongles et emplissait mes cellules nasales d'une empreinte éternelle.

– Dieu, ne nous le pardonnera pas, continuais-je frénétiquement.

Nous nous relevions tous deux à l'approche d'une voiture se stationnant devant chez nous. Légèrement soulagée de recevoir de l'aide, je faisais de la disparition de ce corps putride ma priorité. Je sursautais à la mise en route de la sirène de police sur le perron de notre porte. Les lumières de leurs gyrophares pénétraient depuis la fenêtre et rebondissaient sur le mobilier. Je regardais Toni, désespérée.

– Bébé… n'eus-je le temps de glousser qu'ils enfoncèrent la porte.

Ils se jetèrent sur mon homme, le maîtrisant au sol. Un cruel phénomène de « déjà vu » me fit faire un mouvement incontrôlé. Je regardais mes doigts imbibés de la substance de vie de ce monstre et arrachais mon pansement.

– Ce n'est pas lui, c'est moi !

Je m'agenouillais face aux flics qui me fixaient avec étonnement. Je savais que le passé de Toni ne lui octroierait pas une seconde chance et ne pouvant me résoudre à le perdre une nouvelle fois, je me sacrifiais. Un officier s'approcha de moi.

– Je me suis blessée, lui montrais-je ma plaie à la main.

Ils libérèrent mon amour pour faire de moi leur nouvelle prisonnière. Le froid glacial et la rigidité des menottes me paralysèrent tant le corps que l'esprit. Ils m'emmenèrent sous les yeux impuissants de mon amour.

– Je t'aime, lui mimais-je du bout des lèvres en montant à l'arrière du véhicule de police.

Por ti Abuela.

Le cavalier sur le cheval noir

« J'ai vu et regardez ! Un cheval noir ; et celui qui était assis dessus avait une balance dans sa main. Et j'ai entendu comme une voix au milieu des quatre créatures vivantes dire : « Un litre de blé pour un denier, et trois litres d'orge pour un denier ; et ne fais pas de mal à l'huile d'olive et au vin. »
(Révélation 6:6, 6)

Après une nuit complète d'interrogatoire au bureau de police, on me transférait au Metropolitan Detention Center de Guaynabo. J'espérais que la fatigue n'ait eu raison de mes dépositions. Une seule divergence aurait fait échouer mes plans et Toni en aurait forcément payé le prix. Ce centre de détention était et est toujours à ce jour, un établissement pénitentiaire fédéral américain. Il détient des détenus de sexe masculin et féminin de tous les niveaux de sécurité qui, comme moi, attendent d'être jugés ou condamnés et ou, purgent leur peine.

Après une remise intégrale de mes effets personnels, une fouille approfondie, dont j'éviterais les détails, on m'affublait de la tenue traditionnelle d'incarcérée. Légèrement différente de celle que portait mon homme lors de mes visites conjugales, gardant la couleur orange criarde orthodoxe. N'ayant su fermer l'œil de toute la nuit, je m'écroulais à peine avoir passé le seuil de ma cellule. Je fis un rêve étrange.

Je m'éveillais à l'intérieur de mon songe dans une vie qui ne m'appartenait pas. Mariée à Hector et parents de deux garçons, je me sentais prisonnière sans réellement l'être. Je travaillais toujours dans le milieu médical et nous ne manquions de rien. Je pouvais continuellement sentir Toni tout autour de moi, sans le voir. L'impression que l'univers avait décidé de se venger de notre méfait en nous séparant par des milliers de kilomètres. J'entendais à chaque instant la voix d'Abuela qui résonnait dans ma tête.

– Trouve-le, trouve-le, il a besoin de toi !

Je me sentais prise au piège, une morte vivante, accordant de moins en moins de considération tant à ma vie qu'à celle des autres. Je m'éveillais en sursaut dans cette minuscule cage avec malgré tout un soulagement. Libérée d'Hector, j'étais toujours la femme de Toni.

– Tu m'as fait peur à crier comme ça ! me dévoilait ma compagne de « chambre ».

Le temps de remettre mes idées en place et de calmer mon cœur battant la chamade, je m'informais.

– J'ai parlé ?

– Et pas qu'un peu !

Isabella devait avoir mon âge ou peut être un peu plus. Déjà derrière ces murs depuis quelques années pour homicide volontaire sur la personne de son ex-mari violent, elle me briffa sur les us et coutumes des lieux. Les heures de douche, de repas, de sortie n'eurent plus de secret pour moi. Elle conclut :

– Ne fais pas de vague, joue la transparence et tu survivras.

– Avais-je d'autre choix ? pensais-je en soupirant.

– Je t'explique que je ne veux pas de problème ici ! se montrait-elle autoritaire.

J'avais compris et je n'avais aucune intention qu'il en soit autrement. Nous étions en quelque sorte un binôme et éviter les répercussions de mes éventuels agissements sur elle, devenait également une de mes priorités. De nature calme, je la rassurais. Une sirène s'enclencha et notre porte s'ouvrit.

– Sortie ! s'enjouait Isabella, bondissant de son lit.

Je la suivais timidement. Mon regard parcourait la surface de la grande bâtisse.

– Regarde le sol et ne fixe personne, murmurait-elle en agissant identiquement.

Je m'exécutais, prenant ses jambes comme point de repère à ma mobilité. Un bâton noir me barra le passage.

– Toi, stop !!!! Parlophone !

Surprise et à la fois soulagée, je suivais la gardienne qui venait de freiner mon élan. Mes yeux s'illuminèrent, apercevant Toni derrière la vitre. Je décrochais, souriante, essayant de dissimuler toute l'émotion qui m'habitait.

– Bébé ! soupirais-je de joie.

Il se pouvait que l'idée qu'il m'abandonne à mon triste sort ait enflammé mon ego à plusieurs reprises.

– Pourquoi as-tu fait ça ?! m'engueulait-il en guise de bonjour.

– « Se tira la maroma », utilisais-je à nouveau mon expression favorite du moment.

On pouvait en traduire vaguement un mouvement incontrôlé qu'on aurait effectué afin d'éviter une chute.

– Je vais te faire parvenir des sous-vêtements, tu as besoin d'autre chose.

– Toi ! plaisantais-je malgré les conditions.

– Je sais, soupirait-il.

Je le regardais, jamais il ne m'avait semblé aussi tracassé. Perdue dans cet endroit hostile, je me réconfortais à l'idée qu'il tienne à moi. Une force qui m'aiderait chaque jour à supporter l'insupportable.

– Je vais tout mettre en place pour qu'il ne t'arrive rien et surtout te faire sortir au plus vite.

Je lui souriais dubitativement. Nous étions loin d'un parcours de plaisance et ce qu'il m'affirmait semblait résonner comme des promesses dont on choierait une personne sur son lit de mort. Je n'eus le temps d'échanger d'autres paroles avec lui, que la gardienne venait mettre un terme à notre discussion. Déçue et stressée, je ne lâchais pas son regard jusqu'au moment où l'architecture m'y empêcha.

De retour dans ma cellule, j'y retrouvais Isabella. Nous nous préparions à une longue après-midi d'ennui intégral. Je me mettais à faire une liste à remettre à Toni concernant ce que je voudrais qu'il me ramène. En tête de cette énumération, j'inscrivais une photo de lui et de notre fille. Vint ensuite quelques livres que je gardais à la maison et que le temps compté de nos interminables journées m'avait empêché soit de commencer, soit de terminer. Des friandises pour grignoter me semblaient également une idée judicieuse.

Le temps me sembla moins long que prévu quand l'appel de l'heure du repas se fit entendre. Suivant les conseils avisés de ma coloc, j'avançais à l'aveugle dans ce labyrinthe de couloir. Le seul point de repère qui me guidait restait une vue prenante sur l'arrière de ses chaussures. Nous prenions un plateau, comme nous l'aurions fait dans un self-service, assez répandu sur les autoroutes d'Europe. Une file bruyante s'étendait depuis la prise de ce réceptacle jusqu'au présentoir. Curieuse, je me déportais pour observer deux dames à l'avant, servant des assiettes à la chaîne et les distribuant à une vitesse démesurée. Un léger coup sur l'épaule me fit sursauter.

– Dans la file, la nouvelle, ou tu perdras ta place, me sermonnait une gardienne.

Docilement, je m'exécutais. Après une dizaine de minutes, nous reçûmes ce qui pouvait effectivement ressembler à un plat de restaurant bas de gamme. Une pomme vint sauver la situation désastreuse qui grouillait dans mon assiette. Isabella chercha une place de l'autre côté de la salle, à l'écart des autres. J'emboîtais à nouveau son pas.

– Pas si vite, blanche neige ! m'apostropha une fille assez forte dont la coupe de cheveux si courte rappelait celle d'un garçon.

Interloquée, je m'arrêtais laissant ma nouvelle copine continuer son chemin.

– Tu n'as pas besoin de ça, princesse, saisissait-elle ma lueur d'espoir dans ce repas peu ragoutant.

Restée assise pour me parler, je n'eus trop de difficulté à récupérer cette pomme qui serait, je crois, mon seul repas.

– Je ne crois pas, motivais-je mon geste.

Elle se leva et je ne pus m'empêcher de sourire, face à ce mur qui se dressait devant moi.

– Si tu veux tu peux prendre cette merde, je te la laisse, désignant mon assiette.

Je croquais dans la pomme, à peine eus-je terminé ma proposition. Mon attitude ne fit que mettre le feu aux poudres.

– Pour qui tu te prends ? me bousculait elle.

N'ayant le temps de répliquer, une voix puissante se fit entendre.

– Dispersez-vous ou je vous renvoie en cellule sans manger !

Toutes deux remisent à l'ordre par la sécurité locale, je rejoignis Isabella.

– Tu vas avoir des problèmes, furent ses seules paroles de tout le repas.

De retour dans notre « une pièce » effective, elle se montra plus loquace.

– Qu'est-ce que tu n'as pas compris dans « ne fais pas de vagues » ?

Je fronçais les sourcils.

– Ça ne signifie pas se faire marcher dessus, répondis-je à sa petite attaque.

– Si, justement, s'exaspérait-elle.

– C'est ton point de vue.

Je gardais un « mais ce n'est pas le mien » personnel pour ne pas la froisser ou rajouter de l'huile sur le feu. Tout ce temps passé au côté d'un taureau en furie à essayer de ne pas me faire piétiner avait forgé un caractère qui m'était propre. Cet endroit nous dépouille déjà à la base d'une partie de notre personnalité, il était à mes yeux hors de question de perdre cette fierté que j'avais mis si longtemps à gagner. Je m'endormais sur ces belles pensées philosophiques.

Le lendemain, je découvrais les douches, le déjeuner et tout se passait pour le mieux jusqu'au moment de ce qu'il nommait « la récréation ». Cette sortie obligatoire dans une cour close, censée nous calmer et nous réoxygéner. Observant depuis un petit banc certains groupes s'amuser avec un ballon, d'autres en pleine discussion, je ne pris pas attention à une meute de fille qui s'avançait vers moi.

– C ,est pas faute de t'avoir prévenu, murmurait Isabella en m'abandonnant.

Me relevant, je grimpais sur ce socle où reposaient mes fesses. Un réflexe, peut-être cherchant à gagner une impression de supériorité face au nombre de filles qui s'apprêtaient à me faire la peau.

– Là, à part prier, je ne sais pas ce que tu peux faire d'autre cocotte, me parlais-je à moi-même en gardant ce spécifique sens de l'humour qui faisait une partie de mon charme.

Plus l'altercation semblait inévitable, plus il s'accentuait.

– Tu vas être belle pour ta future visite conjugale, tu épargneras du maquillage, essayais-je de me distraire.

Je fixais leurs mines hargneuses et m'obligeait à ne pas baisser les yeux.

– Un petit coup de pouce ne serait pas de refus, Abuela, prononçais-je au moment ou un sifflement de l'autre côté de la cour me fit me détourner de ce troupeau furibond.

Un sourire soulagé et narquois se dessina sur mon visage.

– La voilà, l'aide demandée ! pensais-je, reprenant une certaine assurance.

Carolina faisait son entrée dans la cour et non sans faire de bruit.

D'un pas décidé, elle traça vers moi, obligeant une à deux filles se trouvant sur son chemin à se lever et suivre ses pas. D'un simple geste, d'un cri ou d'un sifflement, elles se précipitèrent pour me venir en aide.

– L'union fait la force, murmurais-je motivée.

Ne voyant pas le danger arriver par l'arrière, mes adversaires se firent surprendre. Un combat de rue commença sous nos yeux, tous les coups semblaient permis. Carolina grimpa à mes côtés.

– Tu pensais pouvoir les manger toute seule ? plaisantait-elle en me saluant.

Voulant rejoindre mes alliées, Carol me retint.

– Laisse-les s'amuser, on a d'autres chats à fouetter.

Elle semblait se divertir d'une situation qui, sans son intervention, m'aurait coûté quelques plumes. Elle stimula les filles d'un cri.

– On les laisses seules quelques mois et elles se ramollissent, riait-elle.

– Mais qu'est-ce que tu fous ici ? l'accompagnais-je dans son gloussement.

– C'est moi ta porte de sortie.

Elle me fit un clin d'œil.

– Jamais elles ne me seraient venues en aide si tu n'avais pas été là !

Elle bouscula l'épaule familièrement.

– C'est parce qu'elles ne savent pas qui tu es ! s'esclaffait-elle.

Je la fixais, interrogative. Me désignant le tatouage du serpent, elle me lança :

– N'oublie pas que leurs mecs suivent le tient aveuglément.

Et après une courte pause elle ajouta :

– Comme le mien il y a quelques années d'ailleurs. Ces liens sont indissolubles.

D'une accolade amicale, elle me chargeait à bloc d'une force et d'une puissance dont l'étendue suscitait en moi une certaine excitation. Trois gardiennes accoururent afin de restaurer l'ordre.

– Viens, faut qu'on parle, me dit-elle tranquillement en descendant de notre perchoir.

Couchée au sol, la forte dame qui avait essayé de me dérober ma pomme la veille, s'agrippa à ma cheville pour se relever.

– Mais enfin, t'es qui pouffiasse ? me maltraitait-elle.

D'un coup de poing de kermesse sur un ballon en cuir, je la renvoyais de là où elle venait.

– La femme de Rivera, me moquais-je en l'enjambant.

J'entendis de nombreux murmures autour de moi et repris la conversation avec Carol. Je me frottais la main.

– Aïe ! Ça fait mal, plaisantais-je sur le geste brutal que je venais d'avoir sur cette conne.

– Ça passera ! me bousculait-elle à nouveau.

Elle salua discrètement une représentante de l'ordre et elles s'échangèrent un sourire furtif. Surprise, je ne pus ignorer cette attitude.

– Tu verras qu'on a des alliés partout. On est pas toutes des méchantes filles, expliqua-t-elle son geste.

Pensant présenter Carol à Isabella, je prenais les devant, longeant ces étroits couloirs. Je gardais la tête haute cette fois, ouvrant les yeux comme un nouveau-né face à un monde en totale perdition.

– Allez bouge-toi, on a du boulot, me poussait-elle dans ce qui était encore ce matin le refuge d'Isabella.

– Mais où est-elle passée ? m'inquiétais-je pour cette fille aux allures craintive.

– C'est un de nos privilèges.

Ma surprise et ma joie de rester avec Carol me fit trépigner.

– Où tu vas, je vais et vice versa.

Elle s'affalait de tout son long sur la couchette. Son bien-être donnait l'impression d'être en vacances.

– Ça fait combien de fois que tu séjournes ici ?

Décontractée, elle me désignait le chiffre quatre de ses doigts.

– Ceci explique cela, résolvais-je mon ressentiment.

Elle reprit son sérieux en grimpant sur mon lit.

– Il faut te faire sortir d'ici en vitesse.

Je lui tendis une cuillère en plastique, chipée le matin même au déjeuner.

– On commence à creuser, me moquais-je d'elle.

– Non sérieux maintenant !

Je l'écoutais attentivement. Elle me parla des projets de Toni et Emilio.

– Ces chiennes ne vont pas rester tranquillement à voir leurs types se faire dégommer par les nôtres.

– Tu proposes quoi ? espérais-je plus amples explications sur son plan.

J'attendais, dubitative.

– Toni voudrait te faire sortir lors de ta prochaine écho à l'hôpital.

– C'est dans un mois, environ, le vingt-neuf, précisais-je.

Elle soupira en se frottant le crâne.

– Le plan, c'est qu'il n'y a pas de plan, marmonnais-je en piquant une réplique de film.

– Quoi ?

Je redescendais sur terre.

– Il va falloir envisager une autre solution. On ne tiendra jamais si peu nombreuses, réfléchissais-je.

Les rôles s'inversaient et je prenais la direction des opérations. Un sourire en coin, je dessinais peu à peu dans mon esprit un schéma de victoire.

– Ça ne va peut-être pas te plaire, doutais-je de sa réaction.

– Dis toujours...

– On recrute, restais-je évasive.

Elle s'esclaffa.

– Ici, c'est mort ! Chacune appartient à un camp.

– On les oblige à en changer, restais-je campée sur mes positions.

– T'es complètement folle, je veux dire, c'est du jamais vu, voir du n'importe quoi.

– Mais c'est faisable ! la ralliais-je à ma cause.

Elle resta un moment à me fixer, pensant certainement que je déraillais.

– Ça peut marcher ! insistais-je à nouveau.

Elle hocha la tête. Je parvenais doucement à la faire capituler.

– Nos hommes nettoient les rues et nous, ces murs ! concluais-je.

Nous nous installions pour dormir. Une grosse journée s'annonçait pour le lendemain et une bonne nuit de sommeil nous était plus que nécessaire. Silencieuses et chacune sur notre couchette respective, je visualisais mon plan de bataille comme un stratégo. Égoïstement, je prenais la place du drapeau blanc. Carol éclata de rire.

– T, es encore plus barje que lui, en fait !

Je l'accompagnais dans son esclandre. De nombreuses voix voisines nous crièrent de nous taire. Carol leur lança une injure.

– Dis Carol, reprenais-je mon sérieux, une question me taraude l'esprit depuis ce soir-là.

– Quoi ? Passait-elle sa tête hors de sa couchette.

– Qui a appelé les flics ?

Elle plaça sa main sur son menton en guise de réflexion.

– Des voisins attiré par le bruit. Comme ces connasses qui gueulent en ce moment ! haussait-elle le ton pour que le couloir entier puisse l'entendre.

Il était vrai que je n'avais pas du tout imaginé cette solution. Et il m'était difficile de lui confier à quel point je me méfiais de son mari. Je m'endormais sur cette pensée.

Réveillée de bonne heure, nous échafaudions tranquillement un plan de bataille. Compter les pions de chaque côté nous faisait prendre conscience de l'inégalité évidente qui jouait en notre défaveur.

– Il nous faut plus de pouvoir, réfléchissait Carol à voix haute.

Je beuguais. Mais de quoi diable parlait elle, me demandais-je, néophyte.

– Heu, traduction s'il te plaît, n'oublie pas que je suis novice.

– Sans fric, on n'ira pas loin, affichait-elle une mine déconfite.

– Ne considère pas ça comme un problème, passais-je à autre chose.

Il était vrai entre mes économies et la vente des revues médicales, je n'avais qu'à l'ajouter sur la liste pour Toni et le tour était joué.

– OK, approuvait-elle ma solution.

La voyant cogiter à nouveau, j'anticipais.

– Quoi d'autre ?

– La seule chose qui se vente ici-bas !

Je secouais la tête violemment.

– Non ! Hors de question que je demande ça à mon homme !

Je me rappelais de son dernier dérapage et de ce qu'on avait enduré.

– Impossible ! ne changeais-je pas d'avis sur la question.

Incapable de ressentir la moindre empathie à mon égard, elle se résigna à demander à Emilio mais restait formelle.

– Il ne saura m'en passer suffisamment pour mener à bien ton projet.

Une idée me vint, un éclair de génie s'invitait à l'instant dans mon esprit torturé.

– Je pourrais essayer une autre filiale.

– Je t'écoute, était-elle toute ouïe.

Bien entendu, cette issue ne me plaisait davantage, mais si je pouvais délester mon amour de cette délicate tâche ; j'y gagnerais en tranquillité d'esprit.

– Je pourrais me procurer de la morphine et d'autres analgésiques de toutes sortes.

Elle acquiesça positivement à mon idée.

– Par contre, un téléphone, me frottais-je le visage anxieuse.

– Quoi ?

Tout se bousculais dans mon cerveau, au point d'en oublier la moitié des mots dans mes phrases.

– J'ai besoin d'un portable, réitérais-je plus explicitement.

Elle m'en balança un sur ma couchette.

– Mais comment… ?

Ne me laissant terminer ma question, elle me coupa.

– Tu ne veux pas le savoir, se marrait-elle.

J'éclatais de rire.

– Effectivement, ce genre d'image pourrait me hanter à vie, riais-je d'avantage.

Je me camouflais sous une couverture de mon lit pour appeler Frank. Sa première réaction ne fut pas celle escomptée.

– Mais enfin, dans quel pétrin t'es-tu fourrée ?

– Je sais, culpabilisais-je, honteuse.

Entre les « pourquoi » et les « comment », je me sentais prise au piège.

– Tu vas m'aider ? insistais-je désemparée.

Il accepta, à contre cœur sans doute, mais il accepta. En d'autre temps, des remords de cette bassesse de ma part m'auraient poursuivi. Mais étant donné la conjoncture dans laquelle je me trouvais, le déshonneur et l'indignité passait au second plan.

– Aux grands maux, les grands moyens Malau, me repentais-je.

J'informais mon associée que la livraison devrait se faire le lendemain par le biais du personnel de l'infirmerie.

Un passage rapide sous la douche commune et un déjeuner frugal permis à nos cerveaux de prendre un peu de repos. De plus, il était important de n'éveiller aucun soupçon tant que notre stratagème ne fut au point. Nous avions les moyens, encore fallait-il une tactique digne de ce nom.

De retour dans notre cellule, j'expliquais à Carol comment se jouait une stratégie. Je passais des heures sur mon pc à tenter de le battre à ce genre de jeu. Anticiper les coups de cette maudite machine me procurait une montée d'adrénaline qui abreuvait ma satisfaction personnelle. Je lui faisais un petit croquis explicite. Le tout était de placer nos pions avec doigté. Une manœuvre délicate, certes, mais qui augmenterait nos chances de victoire. Une bonne tactique pourrait changer la donne sur nos prévisions désastreuses.

– Il nous faut quelqu'un à l'entretien, à la blanchisserie et à la cuisine, clôturais-je mon énumération.

Selon elle, les deux premiers ne poseraient aucun souci. La cuisine semblait l'être un peu plus. Et pourtant, dans mon schéma, ce lieu devenait une pièce maîtresse.

– Du plus loin que je me souvienne, elles n'ont toujours été que deux, saccageait-elle mes espoirs.

– Il faut ! me bornais-je.

Nous restions un moment silencieuses, en pleine réflexion. Je cogitais tellement que j'en attrapais mal au crâne. Elle me mima un geste de la main, faisant glisser lentement le dos de son pouce tout le long de la base de son cou.

– Non, pas de ça, je ne veux plus de sang sur les mains.

Me couvrant la bouche de la paume de la main, je levais les yeux timidement sur elle. Je m'effarouchais à l'idée qu'elle ne plaisantait pas. Je passais le reste de la journée à me triturer la cervelle. Trouvez une alternative à la proposition si drastique de Carol devenait pour peu un nouveau défi. C'est en priant l'aide de mon amie disparue que je tentais désespérément à trouver le sommeil.

– Aide moi à trouver une solution Abuela !

Ma tentative fut bien veine, me tournant et retournant dans tous les sens, je transformais mon lit en véritable champs de bataille. Il y avait environ une heure que Carol s'était assoupie, plus aucun bruit ne provenait de sa couchette.

– Tu dors ? vérifiais-je mes doutes.

Je n'eus aucune réponse et me levais à pas de loup.

– Où l'a-t-elle caché ? cherchais-je furtivement son portable.

Agrippée au bord du cadre de literie, je me mettais sur la pointe des pieds du premier barreau métallique de l'échelle raccordée à sa couche. Je me libérais une main, ajustant ma prise de l'autre pour glisser minutieusement mes doigts sous son oreiller.

– Jackpot ! attrapais-je l'objet de mon désir.

Je retournais illico sous mes draps, telle une enfant qui aurait chipé un bonbon. Le seul en qui j'avais suffisamment confiance pour en écouter les conseils, devait pouvoir m'aider. Je lui envoyais un texto.

Moi (texte)

Bébé, j'ai volé le téléphone de Carolina.

Quelques instants plus tard, une vibration fit trembler l'appareil.

Toni (texte)

Elle a fait comment pour le faire rentrer ?

Je souriais. Il fallait que je sois en prison pour qu'il me réponde et de plus, avec une rapidité sans pareille.

Moi (texte)

Elle n'a pas voulu me le dire LOL.

Toni (texte)

Comment tu vas ? Smiley cœur.

Éprise, j'en oubliais de lui parler de mon dilemme.

Moi (texte)

J'arrive pas à dormir, et toi ? Tu fais quoi ?

Toni (texte)

Suis au bureau.

Moi (texte)

Seul ? Smiley humour.

Toni (texte)

Pff. Smiley colère.

Moi (texte)

Je plaisante. Trois smiley cœur.

Toni

Je dors ici, trop dur sans toi.

Mes yeux se plissèrent d'amour et mon cœur vibra au même titre que cet engin bénit qui m'apportait enfin un peu de gaîté dans ce lieu obscur. Ne voulant basculer vers un mélodrame, je le taquinais un peu.

Moi (texte)

Dur comment ?

Il se prêta au jeu, à mon plus grand assouvissement.

Toni (texte)

Très très dur.

Je pouffais à sa réponse, étouffant le bruit dans le creux de ma main. J'imaginais son amusement se lire sur son visage. Je réfléchissais à quoi lui écrire comme une gamine de quinze ans qui parlerait de sexe à son premier Crush. Le portable de Carol frémissait une nouvelle fois.

Toni (texte)

Tu ne devrais pas jouer à ça !

Il me connaissait bien, il savait que m'interdire, c'était m'inciter et son dernier texto en était l'unique but.

Moi (texte)

*Pourquoi ? Tu aimes bien d'habitude quand
je fais grimper la température. Smiley feu.*

Toni (texte)

Parce que tu n'es pas là pour la faire baisser.

Moi (texte)

Utilise ton imagination. Smiley sourire, deux fois.

Toni (texte)

Tu es cruelle !

Moi (texte)

C'est à moi qui suis en prison que tu dis ça ! LOL
J'ai envie de toi ! De sentir tes mains, ton odeur sur ma peau.
Je voudrais que tu sois ici et me fasse l'amour toute la nuit.

Excitée tant par le divertissement que par la situation, je me laissais à mon tour emporter d'ardeur. Sentant mon bas ventre se contracter de désir, je me retrouvais prisonnière d'une appétence que lui seul pouvait calmer. Mon corps le réclamait, telle une drogue, ne ressentant jamais la satiété.

Toni (texte)

Appelle-moi !

Je pouvais le ressentir dans le même état de transe que moi, ne pouvant tuer l'envie qui nous dévorait.

Moi (texte)

Impossible !!! Je vais réveiller Carol.

Même si j'en crevais à petit feu, je me cachais derrière cette excuse, intimidée. C'est une chose de lui abandonner mon corps, s'en est une autre d'avoir le courage de le laisser pénétrer dans l'intimité de mes plaisirs solitaires. Rien que cette pensée m'émoustillait encore plus. J'aimais par-dessus tout sa façon de me toucher, de me rendre sensible. À peine ses doigts brûlants me touchaient que je me transformais en marionnette, docile à chacun de ses fantasmes.

Le vieil adage « qui est pris qui croyait prendre » se prêtait merveilleusement à la position dans laquelle je me trouvais. Me répéter qu'il n'y avait aucune honte à s'adonner au plaisir à distance avec son homme, par le biais d'un appareil téléphonique et juste à côté d'une autre personne endormie, rien n'y faisait. Il réitéra sa demande avec insistance.

Moi (texte)
Tu imagines, si elle se réveille !

Je tentais d'y échapper, mais il trouva les mots abolissant ma dignité au profit de ma gourmandise.

Toni (texte)
Je veux t'entendre jouir.

J'appuyais sur la touche « appel », dominée par mes propres pulsions et larguant instantanément les amarres de la raison. Je me bidonnais devant la rapidité à laquelle il décrochait.

– Ça va mon cœur ? pris-je un air narquois.

Il soupirait.

– Tu es méchante de me faire ça.

J'étouffais un rire, le camouflant tant à lui qu'à la marmotte qui dormait à poings fermés.

– Je peux l'être ou pas, tout dépend si tu me le demandes gentiment, prenais-je le contrôle des opérations.

Sa voix si suave et ronronnante à mes oreilles attisait l'obsession dévorante qui me consumait. Hantée par le souvenir de chacun de nos baisers, chacune de nos caresses, je le devinais allongé sur mon corps. Je l'envisageais en sueur, pouvant même pressentir son odeur et le souffle de sa respiration dans mon cou.

– Tu as perdu ta langue ? brisait-il les quelques secondes de silence, où plongée dans mes songes, je laissais vagabonder mes mains sur mon corps en imaginant les siennes.

– Non et tu n'imagines pas ce qu'elle pourrait te faire si tu étais à mes côtés, murmurais-je, fébrile.

Carol grogna légèrement et je me couvris la tête de ma couverture. À ce stade, il m'était physiquement impossible de faire marche arrière. Un arrêt brutal de cet élan d'exaltation aurait

92

été trop douloureux. Je le laissais me susurrer ses envies, ses désirs et lui lançait une invitation à la passion bouillonnante qui inondait mon slip. Je me retenais désespérément de gémir, lui laissant se stimuler du rythme de ma respiration. Je sentais sous mes doigts les parties de mon corps qu'il aimait tant titiller, durcir au son langoureux de ses mots. Je n'en pouvais plus, sentant frénétiquement l'ivresse d'un orgasme se glisser entre mes cuisses.

Oubliant l'endroit et la proximité d'une autre personne, je lui offrais ce qu'il voulait sur un plateau en laissant échapper le bruissement de ma jouissance jusqu'à lui par le biais du téléphone. Mon corps tremblait encore quand il me souhaita de doux rêves sur un ton amoureux.

Même si je passais une nuit complète sans m'éveiller, elle ne fut pas de tout repos. Embrumée de terribles cauchemars, je sursautais, dégoulinante de sueur. Fixant mes mains et laissant mon rêve me poursuivre, je mis un moment à me rendre compte que la substance visqueuse d'un rouge écarlate qui les couvrait n'était que fictive. Je me rappelais les frotter et les frotter encore afin de les nettoyer. Un peu comme si j'avais essayé d'enlever de la peinture à l'huile avec de l'eau claire. Je m'asseyais sur ma couchette.

– À demi mal, choisir le moindre, me répétais-je en cherchant une quelconque signification.

Il m'était déjà arrivé de m'éveiller en riant, en pleurant ou encore en fredonnant une chanson entendue la veille.

– Mais pourquoi cette phrase me tournait en boucle dans mon esprit torturé ? me la ressassais-je encore et encore.

Absente au déjeuner, triturant ma nourriture au lieu de l'ingurgiter, j'inquiétais mon amie.

– Tu cogites pour rien, il n'y a pas d'autre solution.

– Il doit forcément y en avoir une, c'est juste que je ne l'ai pas encore trouvé, lui assurais-je, convaincue.

Je me sentais perdue, il me manquait cruellement. Je pensais tellement à lui que mon cerveau était incapable de fonctionner. Nos ébats téléphoniques de la veille n'arrangeaient en rien ma concentration. J'avais bien tenté de le chasser, mais la douleur devenait alors plus insupportable que jamais.

– Si Toni serait là, nous la trouverions la solution, me persuadais-je.

J'en arrivais même à regretter nos stupides disputes, me sentant plus anéantie chaque jour. Comment pouvais-je survivre dans un monde si hostile alors qu'une nouvelle fois l'univers me mettait à l'épreuve en me privant de la moitié de mon âme. Qu'avais-je bien pu faire, ou plutôt avions nous fait dans une vie antérieure pour mériter que le sort s'acharne de la sorte ? J'en arrivais à perdre la fois.

Il m'arrivait de penser que rien de tout ceci ne serait arrivé si nous ne nous étions jamais trouvés. Et si notre amour n'était qu'un blasphème ; Si Dieu, l'univers ou quel que soit le nom qu'on lui donne en avait décidé autrement. Si être ensemble déclenchait subitement les foudres divines et camouflait derrière chaque malheur, un calvaire supplémentaire. Je mentirais si je disais que devant cette souffrance l'idée de le quitter ne m'avait pas effleuré. Non pas pour retrouver une quelconque tranquillité d'esprit, mais en guise de carapace de protection à la peine que je ressentais loin de lui.

Guérir le mal par le mal. Vivre chaque minute de ma vie avec l'attente de le retrouver devenait un sacrifice trop lourd à porter. Je commençais à comprendre sa réaction au centre pénitentiaire lors de ma visite, je commençais à comprendre pourquoi il m'avait repoussé. Si l'abandon te fait peur, tu abandonnes ; si le rejet t'angoisse, rejette à ton tour.

Mon ego reprenait à nouveau le dessus. L'impossibilité de m'isoler au sein de cette structure ne m'offrait aucune échappatoire à ce supplice. Il ne me restait que peu d'issue si ce n'était qu'affronter mes démons et les combattre de toutes mes forces. Un ressentiment d'amertume envers le monde entier ne serait mon allié mais s'appuyait parfois si tendrement sur mon épaule que l'envie d'y succomber devenait tentation.

Je délirais. Mettre de l'ordre dans ce capharnaüm spirituel qui me hantait devenait impératif. Quelle facilité d'avoir le monde entier comme adversaire face à soi-même ! Ma propre angoisse me faisait la guerre et me rendait aussi démunie et seule que quand mon père rentrait ivre et m'enfermait des heures durant dans une cave humide et sombre. Comment faisais-je à ce moment pour garder un soupçon d'espoir envers l'avenir et les êtres humains ?

La réponse à cette énigme ne fut pas longue à se présenter, mais je l'occultais sentant ma gorge se nouer et un trop plein d'émotion prêt à déborder en public.

J'abandonnais Carol à ce repas où je ne sus rien avaler, mis à part mes larmes que je pu retenir jusqu'au retour dans ma cellule. En position fœtale et étreignant mon oreiller à l'extrême, j'évacuais toute ma détresse, imbibant chaque fibre du tissu de sanglots trop longtemps retenus. Toute ma vie ne fut qu'un amas de chagrin refoulé. Mon seul espoir avait toujours été de trouver un super héros qui viendrait un jour me délivrer et là, je culpabilisais d'avoir eu la malheureuse pensée de le quitter, de le chasser, de le rejeter.

– Que penserait ta fille, pauvre conne ! me reboustais-je. Tu veux ressembler à la tienne qui, sur son lit de mort, t'a dit que son seul regret avait été de t'avoir ?

Je me savais plus forte et après avoir nettoyé mon âme de toutes ces blessures invisibles à l'œil nu, je me redonnais un soupçon de courage pour affronter la dure réalité qui bloquait mon état d'esprit. Refuser d'aimer par peur de souffrir, c'est refuser de vivre par peur de mourir, c'était tout aussi idiot. Ces murs autours de moi étaient la seule barrière entre mon amour et moi et je m'y étais placée toute seule. C'était de la même manière que je devais m'en sortir !

Je me séchais le visage à l'arrivée de Carol. Elle passa la porte, le visage grave. Il était hors de question de paraître faible à ses yeux, ni à quiconque en ces lieux d'ailleurs. Il ne s'agissait pas de Maria, avec qui je me sentais si à l'aise que je n'avais aucunement besoin de dissimuler mes émotions ou ma personnalité.

– Je suis épuisée ! tentais-je à détourner son attention.

Je me laissais retomber sur ma couche.

– Je vois que tu es déjà au courant.

Sa voix calme et apaisante me surpris.

– Je ne vois pas de quoi tu parles, déclarais-je sincèrement.

Elle s'accroupit près de mon lit, et me laissant rouler sur le côté, j'affrontais son regard.

– C'est normal de pleurer, glissa-t-elle une main réconfortante dans mon dos.

Grillée, je soupirais. Ayant une sainte horreur du mensonge, je ne prononçais mot.

– Comment confesser à ce roc de fille que mon homme me manquait terriblement et que sans lui il m'arrivait de me sentir aussi perdue qu'un enfant égaré en plein centre commercial ?

Je n'eus comme réponse qu'une esquisse de sourire de gratitude à son empathie.

– Si cela devait m'arriver, je réagirais de la même façon, je te rassure, glissait-elle amicalement son geste de compassion.

– Si je ne m'abuse, c'est le cas non ? plaisantais-je en m'asseyant sur le bord du lit.

Égoïstement, je ne pensais qu'à moi, mais il était vrai qu'à la demande de Toni, elle avait dû quitter homme et enfants pour me porter main forte. Aveuglée par ma méfiance envers Emilio, j'en oubliais presque ma reconnaissance. Ses yeux s'écarquillèrent de stupéfaction et elle effectua un mouvement de recul.

– Tu n'es donc pas au courant, comprenait-elle que nous parlions de toute évidence de sujets différents.

– Je suis à côté de la plaque ! me marrais-je de ma bévue.

Elle s'adossa au mur me faisant face. En posture de bras croisés, elle arborait une mine déconfite.

– Ils ont incendié le garage cette nuit, m'annonçait-elle tragiquement.

Sa voix caverneuse me semblait sortir d'outre-tombe.

– Quoi !? me désespérais-je.

C'était dramatique, mon homme devait être dans tous ses états. Le seul lien familial qui lui restait. L'héritage de son grand père qui partait en fumée à quelques jours à peine d'avoir perdu sa grand-mère. Ne pouvoir être à ses côtés pour le réconforter me désemparait. La nouvelle me révoltait. Je me relevais furieuse, les poings crispés et l'envie d'abattre les murs de notre cellule à main nue. Je n'avais aucune envie de pleurer si ce n'était de rage. Je tournais en rond, furibonde à l'instar d'un enfant hyperactif.

– Calme-toi, me prenait-elle dans ses bras.

– Comment va Toni ? m'essoufflais-je, sentant mes poumons prêts à imploser.

Je n'eus de réponse. Je la repoussais doucement mais fermement.

– Je suis désolée, Malau.

J'hochais la tête vigoureusement.

– Non, c'est impossible. On s'est parlé hier pendant que tu dormais, omettais-je de lui avouer lui avoir volontairement subtilisé son téléphone.

Je me rasseyais sur le bord de ma couche, continuant mon geste de négation à en attraper un torticolis.

– Impossible, répétais-je sans cesse.

Carol restait presque immobile au centre de la pièce, me laissant en plein déni face à l'obscurité dans laquelle elle venait de me plonger. S'abaissant à ma hauteur et oubliant pour peu le tact dont elle faisait preuve depuis le début, elle m'annonçait brutalement la découverte d'un corps calciné dans son bureau. Je me couvrais la bouche horrifiée et me rappelais qu'il m'avait avoué la veille dormir au bureau depuis mon incarcération. La retenue dont je faisais preuve depuis le matin s'effaça faisant place à des torrents jaillissants involontairement de mes orbites.

– Non, niais-je à nouveau.

– Tu as beau te le répéter, ça ne le fera pas revenir ! me sermonnait-elle.

– Tu ne comprends pas, je l'aurais senti.

Elle me fixait avec stupéfaction. J'étais intimement persuadée que si une telle chose devait arriver à lui ou à notre fille, je le ressentirais dans mes entrailles.

– Redescends sur terre, nous avons un plus gros problème.

Face à son manque de cœur, je restais bouche bée.

– On a plus de porte de sortie ! m'annonçait-elle dramatiquement.

Dévastée par la douleur, je devais admettre qu'elle avait raison. Sortir d'ici était à mes yeux ce qui comptait le plus. Sans voir son corps, jamais je n'admettrais une telle chose. Encore une fois, la vie assassinait mes rêves mais prête cette fois à conjurer le sort, je me relevais plus déterminée que jamais.

– Bousille-lui une main !

– Mais de qui tu parles ?

– De la cuisinière et fais-moi rentrer en cuisine.

Sur le point de riposter violemment, je me mettais en route vers une destination qui nous mettrait, soit sur le chemin de la victoire, soit vers une fin inévitable.

– À demi mal, choisir le moindre, marmonnais-je.

Je n'étais plus sûre de suivre cette recommandation. Poussée par ma haine, Dieu seul savait ce qu'il allait advenir de cette innocente fille que je fus un temps.

Arriva l'heure du repas et coincée sur la tactique de mon plan de bataille, je ne pris attention au sourire satisfait de Carol. Plus le temps passait et plus je la comparais à *Harley Queen*.

– Regarde-moi cette mise en scène, me fit-elle une révérence.

Je la voyais trépigner de joie et de fierté. Des cris provenant de la file à hauteur du service commencèrent.

– Bouffe-là toi-même ta merde ! entendis-je hurler.

S'en suivit de cris de douleur et d'un amas de gardiennes filant à toute allure vers l'altercation.

– Tu pourrais au moins me féliciter, dit Carol qui semblait déçue de mon désintéressement.

Privées toutes de repas, nous regagnions nos pénates, non sans broncher. Notre petit stratagème avait eu la fâcheuse incidence de mettre la populace en émois. À la limite d'une rébellion, nous entendions des cris de révolte et injures se proférer jusqu'en milieu de nuit. N'ayant aucun appétit, cette punition glissa sur la cuirasse de mon indifférence.

– Tu m'as assuré avoir une fille à l'entretien, assaillais-je de nouveau ma comparse.

– De quoi as-tu besoin ?

– Du détartrant cafetière, souriais-je machiavéliquement.

Moins de deux jours plus tard, je commençais mes nouvelles fonctions. Les contacts que Carol avait au sein du service d'ordre m'ouvrirent grandes les portes de mon nouveau terrain de jeu. J'y bossais en renfort, aidant la pauvre victime de notre stratégie amoindrie d'une main.

– Un rôle de commis qui m'allait comme un gant ! débutais-je ma journée sur ce petit jeu de mot.

Carol s'inquiétait d'avoir perdu une fille, au trou pendant trente jours avait été sa récompense au geste de rébellion qui me valut ma promotion. Mon cœur déchiré et mes œillères m'endurcissaient à tel point qu'aucune compassion ne m'assourdissait.

– Les pions sont faits pour être sacrifiés.

Elle savait pertinemment que j'avais raison, mais elle fut aussi surprise que moi de m'entendre prononcer ces mots.

– Tu n'as pas de cœur, inversait-elle les rôles.

– Il est mort, prononçais-je instinctivement.

L'annonce de la disparition de mon amour me forçait à survivre sans sensibilité, mon cœur s'était éteint avec lui.

– Tu as un plan pour sortir d'ici ?

– Ça se peut, restais-je évasive.

Carol, allongée sur sa couche se pencha vers moi.

– Et ce qu'on fait maintenant, n'a rien à voir avec, n'est-ce pas ?

Elle m'avait démasqué, me venger des assassins de Toni en prenant pour cible leurs épouses respectives était ma priorité actuelle.

– C'est du suicide ! semblait-elle désapprouver.

– Rien à foutre de ton avis ! jubilais-je.

Je faisais profil bas durant quelques jours, mais tapie dans l'ombre je me préparais un véritable coup de maître. Mes matinées m'occupaient l'esprit tandis que les après-midis semblaient plus longues. Nous attendions l'heure de la promenade quotidienne à la manière de deux écolières comptant les minutes les séparant de la récré. Un bol d'air frais après tout ce temps cloîtré dans cet espace restreint ne se refusait pas. Chaque jour j'avais l'impression que les murs de notre cellule se rapprochaient de plus en plus.

– Il ne manquerait plus que ma claustrophobie refasse surface, angoissais-je à l'idée.

Ce que nous appelions sonnerie mais qui en fait reflétait plus de la sirène, retentit subitement. Soulagées d'entrevoir la porte s'ouvrir, nous nous précipitions.

– Parlophone ! me barrait le chemin une geôlière.

Mes yeux s'illuminèrent. J'étais certaine que je retrouverais mon amour derrière la vitre. Je jetais un regard d'enfant s'apprêtant à déballer ses cadeaux de Noël à Carol. La persuasion que tout le monde se trompait me poussait à galoper à travers les couloirs me séparant de cette certitude.

– Box 3, m'ouvrait-elle la porte, armée de son énorme trousseau de clés.

Mon visage se décomposa en voyant Fernando accroché au combiné. Les mains tremblantes, j'attrapais le mien. Aucune parole ne se décoinçait de ma gorge.

– Je lui ai promis de m'occuper de toi, s'il lui arrivait quelque chose.

Je recommençais à secouer la tête.

– Non, je ne peux pas le croire.

Mes lèvres se pincèrent.

– Je me suis arrangé pour venir à la prochaine visite, tu as besoin de quoi ?

– Raconte-moi ce qu'il s'est passé, éludais-je complètement sa question.

Même soutenir son regard devint trop compliqué pour moi. Je fixais la tablette en contreplaqué juxtaposée au rebord de la vitre.

– Selon les secours, il était déjà m... ne put-il prononcer le mot.

Je me couvrais le visage de la paume de la main.

– Il n'a pas souffert, Malau.

Un frisson étrange me parcouru des pieds, jusqu'en haut de mon crâne. Comment un mec aussi méfiant et intelligent que lui n'aurait pas anticipé un tel acte de barbarie. Je campais sur mes positions, hors de question que j'accorde un quelconque crédit à ces diffamations.

– Il ne se serait jamais laissé prendre si facilement ! assurais-je à Fernando, persuadée qu'il faisait erreur.

Il soupira et baissa les yeux.

– Depuis ton incarcération, il a recommencé ses conneries.

– C'est à dire

– Il avait bu, Malau.

Telle une somnambule, je raccrochais le cornet sans même prendre la peine de saluer mon interlocuteur et prenais congé de cette entrevue qui venait de briser le peu d'espoir qui me maintenait encore en vie.

Lentement et absorbée par mes pensées je reprenais le chemin inverse. Il était sobre au téléphone, j'en mettais ma main à couper. Par deux reprises la matonne me bouscula, espérant que j'active le pas. Je la fusillais du regard.

– Bouge-toi ! m'obligeait-elle à avancer.

On pouvait aisément lire dans mes yeux :

« Touche moi encore une fois et ce sera la dernière fois qu'elles toucheront quelque chose. »

Je dû me contenir, ne pouvant me permettre aucune réprimande qui contrecarrerait mes plans. Je me laissais guider vers la cour. Le temps de pause ne s'étant totalement écoulé, je rejoignais Carol. S'avançant à ma rencontre, je n'eus besoin de parler, laissant mon attitude non verbale s'exprimer à ma place.

– Viens, me proposait-elle de nous isoler.

Dans les nuages, comme un zombie, je la suivais d'un pas nonchalant.

– Ça sent la fumée par ici ! s'esclaffèrent une bande de guenons sur notre passage.

Une d'entre elle me jeta son mégot de cigarette, qui, après avoir rebondit sur la jambe de mon pantalon, roula sur le sol. Un acte qui me sorti brutalement de ma torpeur.

– Tu devrais le rejoindre, se moquait-elle de surcroît.

Un sourire se glissa sur mon visage. Toute la colère que j'avais emmagasiné depuis la visite de Fernando était sur le point de jaillir.

Elle venait, sans s'en douter, de débloquer le couvercle d'une casserole sous pression. Rien que pour ce geste, j'eus envie de la remercier.

Je ramassais son déchet en entendant au loin une voix prononcer mon nom. Je devais être en plein cauchemar et suite à mon agitation, une personne familière tentait de m'éveiller. Je niais cet écho, emportée par un tourbillon de fureur. Gardant ce rictus bloqué sur mon faciès, je m'approchais d'elle lentement. Subtile telle une panthère se rapprochant de sa proie, je ne la saisissais par le cou qu'à quelques centimètres d'elle.

N'ayant rien vu venir et ne pouvant anticiper ma réaction, j'eus tout loisir de la malmener à ma guise. Mes doigts se resserraient sur sa trachée, me donnant l'impression d'écraser une carcasse de poulet. Ma prise la fit s'écrouler au sol. Profitant de sa posture vulnérable, je lui écrasais les cendres encore rougies du reste de sa clope sur la joue. Une odeur de peau brûlée vint chatouiller mon nerf olfactif. Elle se mit à hurler de douleur ce qui ne fit qu'encourager ma rage. Carol me secoua énergiquement l'épaule, me ramenant à la réalité et me forçant à lâcher ma victime à moitié défigurée.

– Un problème ? s'informait une représentante de l'ordre alertée par les cris de la pauvre fille jonchée au sol.

– Non, affirmait-elle en se relevant rapidement.

Elle se détourna vers moi, attendant une éventuelle délation de ma part.

– Du tout, souriais-je. J'apprenais à mon amie à ne pas jeter ses déchets par terre !

Je m'éloignais sur ce sarcasme, satisfaite.

De retour en cellule, Carol évitait le sujet de la bagarre pour se rabattre sur la visite de Fernando. Nous ravitailler prochainement de menue monnaie eut l'air de la soulager.

– Il faut se barrer, Malau ! me suppliait-elle de trouver une solution.

– Je sais, ça devient chaud ici, lui donnais-je raison.

– Oublie donc cette vengeance et concentrons-nous pour mettre les voiles.

Elle n'avait pas tort mais une nouvelle fois ma tête et mon cœur se battait le monopole de mes idées. Je planquais un couteau, dérobé le matin même sur mon poste de travail. J'expliquais mon geste à sa stupeur.

– Mieux vaut en avoir un et ne pas en avoir besoin, plutôt que le contraire.

Tu ne vois pas comme tu as changé en si peu de temps.

Hooo ! Si, je le voyais, restais-je silencieuse.

– Tu deviens comme lui, l'insultait-elle diplomatiquement.

– Je l'ai peut-être toujours été, marmonnais-je.

Je levais mes yeux, soutenant son regard craintif.

– Qui sait ? mettais-je un terme à la discussion en me couchant.

Je m'assoupissais en pensant à lui. Qu'aurais-je donné à ce moment pour me blottir contre lui, sentir sa peau contre la mienne, respirer une dernière fois son odeur.

– Où es-tu ? me persuadais-je encore que cette tragédie n'ait jamais eu lieu.

Je combattais l'envie de pleurer par l'envie de le serrer si fort dans mes bras. Imaginer ne plus jamais ressentir son souffle dans mon cou, le goût de ses baisers, la chaleur de ses mains semblait inconcevable à mon esprit torturé.

Durant mes études médicales, je m'étais penchée sur quelques études concernant le lien gémellaire. Bien que le lien d'âme ne soit évoqué que par un pourcentage minime de collègues audacieux, certaines théories se rejoignaient toutes en les attribuant à diverses étiologies. Je le ressentais au fond de moi depuis toujours sans pouvoir me l'expliquer. Je pouvais anticiper ses colères, ses fatigantes crises de jalousie et même ses envies de câlins. Un lien empathique nous unissait, identique à celui des jumeaux.

Je me rappelais avoir assisté à une conférence sur le sujet. Un ressenti qu'ils gardaient jusqu'à leur mort et conservaient même séparés par des milliers de kilomètres. Peu importe si le reste du monde me prenait pour une folle, mon intuition ne pouvait pas me tromper. Ce qu'ils appelaient déni, je le dénommais connexion d'âme, et celle-ci ne me mentait pas. Je le sentais, me faisant vibrer chaque jour un peu plus, encore de ce monde.

Je m'éveillais à nouveau en sueur et affolée par des songes cauchemardesques. Je naviguais sur une barque de fortune au milieu d'eaux troubles. D'énormes crocodiles arrivant en sens contraire frôlaient mon embarcation. La bousculant par moment, je m'y accrochais de toutes mes forces pour l'empêcher de chavirer. Mon attention, absorbée par un hors-bord en feu sur la rive opposée, me forçait à avancer coûte que coûte.

Je jetais un bref coup d'œil sur l'horloge numérique encastrée dans le mur du couloir.

– Trois heures, soupirais-je.

Pourquoi, séparée de lui, m'éveillais-je toujours à la même heure ? Je me recouchais, bien décidée à me rendormir.

– Et pourquoi ai-je si froid ?! frappais-je le matelas exacerbée.

Je me recroquevillais sur moi-même pour éviter une trop grande perte de chaleur Tout le monde se plaignait de l'atmosphère étouffante en ces lieux, je devais être la seule à frissonner. Cette sensation me venait de toute évidence de l'extérieur.

– Mon cœur gèle sans lui, délirais-je.

Je pu par chance somnoler quelques heures avant d'être tirée de force du lit par une matonne à la patience peu coopérative. J'avais de la visite et ne m'étais pas encore douchée. Carol, avide de la livraison que nous attendions me bousculait autant qu'elle.

– Tu prendras ta douche après, ça ne vient pas à une demi-heure, me poussait-elle à suivre cette femme antipathique.

Sans aucune motivation, je m'exécutais. Fernando fut ravis de me voir, un peu trop à mon goût d'ailleurs. Bouleversée par la ressemblance de la pièce que nous avions occupé avec Toni lors de ma visite conjugale au pénitencier, je me sentais mal à l'aise de m'y trouver avec un autre que lui.

– Comment vas-tu ? me sautait-il quasi au cou.

Une étreinte dont je me serais passée.

– Ça va merci. Je ne t'attendais pas si tôt, je n'ai pas eu le temps de me laver, tentais-je de me dépatouiller de mon mal être.

J'arrivais à me dégager. Il était temps, sentant mes mains devenir moites. Je n'avais plus ressenti ces symptômes lorsque quelqu'un me touchait depuis la naissance de Mia.

– Comment va ma fille ? y songeais-je à l'instant.

La retrouver et me mettre à la recherche de mon homme restaient l'unique but qui me maintenait encore en vie. Je me forçais à m'asseoir sur le bord du lit. Essayant de me raisonner et ne lui donner l'impression que mis à part la réception du colis, sa présence m'indifférait complètement.

– Elle est avec ma sœur, venait-il me rejoindre.

– Elle va bien, elle sourit de plus en plus. Elle te ressemble, ajoutait-il sur un ton mélodramatique.

Cette situation devenait de plus en plus glauque et l'envie de prendre la fuite s'accrochait à moi comme un enfant traumatisé de se sentir abandonné. Il remit une mèche de mes cheveux derrière l'oreille pour dégager le profil de mon visage. J'effectuais une esquive incontrôlée.

Non, je ne me faisais pas d'idée, jamais il n'avait encore agi comme ça avec moi, me persuadais-je. Je restais sur mes gardes et espérais écourter notre entrevue.

– C'est gentil, saisissais-je le sac. Tu embrasseras ma fille et ta sœur.

Je me relevais.

– Nous avons encore un peu de temps, semblait-il déçu.

– Je vais aller prendre une douche.

Je saisissais cette excuse comme la seule opportunité qui se présentait. Il me reprit dans ses bras pour me dire au revoir. Mes pensées fusaient, sans pouvoir trouver d'issue de secours. Je le sentais prêt à dépasser un point de non-retour et commettre un acte qu'il regretterait à jamais.

– Il faut vraiment que j'y aille, insistais-je, énervée.

Je vis ses lèvres se rapprocher dangereusement des miennes.

– Quand il t'a dit de t'occuper de moi, je ne crois pas que ce soit de cette façon ! le repoussais-je violemment.

Je me maintenais le front, dévastée par son attitude. Il se mit en colère.

– Il ne t'a jamais mérité !

– Mais enfin, c'est de ton meilleur ami que tu parles !

J'hyperventilais et sentais mon visage rougir d'animosité. Il bondissait vers moi, prenant possession de mon visage entre ses mains froides et tremblantes.

– Il ne t'a jamais traité comme moi je l'aurais fait, adoucissait-il le ton de sa voix.

– Tu es ridicule, il t'a toujours considéré comme son frère, et toi à la première occasion tu le poignardes.

– Il est mort ! Tu ne vas pas le pleurer toute ta vie !

J'arrachais ses doigts moites de ma figure.

– Ne t'approche plus de moi ! grognais-je furieuse.

Avec de grands coups, le poing serré, je frappais à la porte de ma salle de torture. Le cliquetis de la clé dans la serrure annonçait ma délivrance.

– Depuis l'anniversaire de ma sœur je t'aime.

Je quittais la pièce sans me retourner.

– Voilà pourquoi son attitude envers moi avait changé du jour au lendemain, ruminais-je en retournant dans ma cellule.

Je me sentais stupide d'avoir pensé qu'il me reprochait tout ce qui arrivait à Toni.

– Hou la ! gloussait Carol à mon entrée.

Je lui jetais le sac. Elle se mit à rire.

– Mais que t'est-il arrivé pour que tu sois dans un tel état ?

– Ce con a essayé de m'embrasser !

Elle s'esclaffait.

– Il n'y a rien de risible, j'ai eu droit à la plus grande déclaration de ma vie.

Je me sentais vexée et humiliée.

– Si tu veux du fric, il faudra se débrouiller autrement, lui mettais-je le nez dans le fond du problème.

Elle s'arrêta subitement de rire.

– Et j'ai droit à ma douche ! hurlais-je en direction du couloir.

La porte s'ouvrit quelques instants plus tard.

– Nettoyer corps et âme, me sauvais-je vers la salle d'eau commune.

Je laissais l'eau ruisseler dans mon dos. Le visage enfoui dans mes avants bras, je prenais appui contre le carrelage du mur. Encore une fois, où mon espoir envers l'humanité s'amenuisait.

– En qui avoir confiance quand votre propre famille vous trahit ?

Un léger courant d'air glissa dans ma nuque. Le temps de m'en rendre compte et de pressentir le danger, je me retournais trop tard. Un groupe de fille me barrait le passage. Je plongeais subtilement sur mes vêtements. L'une d'entre elle me chopa par les cheveux et me remit debout.

– Tu te sens forte à cinq contre une ? la narguais-je.

– Tu as besoin d'une leçon, pétasse !

Un rire hystérique sorti gutturalement de ma gorge.

– Ça, tu vois j'en doute, la défiais-je.

– C'est qu'elle n'a peur de rien, se retournait-elle sur ses copines.

Elle m'attrapa par le cou à la manière dont j'avais malmené son amie la veille.

– Lâche moi tout de suite, poussais-je la lame de mon couteau sur la base de son estomac.

La terreur remplaça vite sa franchise dans son regard. Lentement, je sentais ses doigts se décrisper de ma gorge.

– Dis-moi ce qui m'empêcherai de te planter ici et maintenant, augmentais-je la pression de mon geste.

– T'es barje ! Tu finirais au trou.

J'haussais les épaules.

– Triste tribu pour venger mon homme, pleurnichais-je en me moquant d'elle.

– Tu es plus dangereuse que lui ! paniquait-elle.

Je m'abreuvais de sa peur, m'en sentant plus invulnérable que jamais.

– Tu as raison, je suis dangereuse. Lui, c'est la guerre et moi l'enfer !

Je jouais avec la lame sur son abdomen, une goutte de sang perla jusqu'au nombril.

– Arrête ! C'est pas nous qui avons cramé le garage.

Sa trouille la rendait presque amicale.

– Mais encore... doutais-je de ses dires.

Elle posa une main sur mon épaule.

– Je te le jure. Personne du gang n'aurait eu les couilles de faire ça !

Elle semblait sincère et de toute évidence avait titillé ma curiosité.

– Qui alors ? baissais-je ma garde.

– Selon mon mari, ce sont des hommes à Javier.

J'hochais la tête et souriais.

– Nan, nan, mauvaise réponse ! Tu me prends pour une conne en plus, repointais-je l'arme en direction de son visage.

– Je t'assure que mes infos sont fiables.

– Tu sais pour combien de marchandise il y avait à lui dans le garage ? Tu crois qu'il serait assez stupide pour faire partir son fric en fumée ?! Je l'ai rencontré Javier, c'est une ordure mais un businessman avant tout !

– Là était le plan, continuait-elle ses affirmations.

Je commençais à comprendre et lâchais ma proie.

– On aurait voulu que Javier élimine lui-même Toni pour sa marchandise. Lui et Toni aurait été berné par ses propres gars, cogitais-je à voix haute.

– Ingénieux, non ? commentait-elle.

Je réfléchissais.

– Qu'il ait été à l'intérieur au moment des faits est un accident, ajouta-t-elle.

Ça changeait la donne. Mon homme était intelligent. Suffisamment pour les devancer et comprendre leur stratagème. Ma lueur d'espoir de le retrouver en vie resurgissait des bas-fonds de mon esprit.

– Tu... tu saignes ! me lança une des filles restées en retrait.

Je glissais ma main entre mes cuisses et libérais une marre pourpre dégoulinant le long de mes jambes et se faufilant vers l'évacuation. J'attrapais une serviette de bain et me dirigeais vers l'infirmerie. Je me retournais vers cette fille qui aurait pu devenir ma première victime de cruauté.

– Merci.

Elle avait de par ses aveux, levé un voile d'ombre me permettant à nouveau d'espérer.

La visite au dispensaire de soins fut très brève et je gagnais une balade vers ce qui fut mon ancien lieu de travail. Le manque de matériel et de personnel qualifié en était la principale cause. J'eus droit à la traditionnelle prise de sang avant de m'effectuer une échographie. Dans mon cas, je trouvais ça complètement ridicule et inutile, mais qui étais-je pour me soustraire au protocole ?

Un médecin niaiseux et amorphe me recevait. Il me semblait ne l'avoir jamais rencontré auparavant. De type afro-américain, il me souriait, laissant apparaître son énorme dentition blanche. Il était loin d'être antipathique mais sa lenteur m'agaçait.

– Vous avez fait une fausse couche, gardait-il la même expression faciale.

Je n'étais pas abattue par la nouvelle, après tout, il fallait se rendre à l'évidence que cet enfant avait une chance sur deux de naître sans père, mais son attitude non appropriée me choquait.

« Souriait-il autant pour annoncer un décès ? » réfléchissais-je.

Je l'imaginais en train communiquer à un patient un diagnostic fatal. Il n'arrêtait pas de me parler de sa sœur. Mais qu'en avais-je à foutre de l'écouter jacasser de la sorte, pensais-je, égoïste.

Franck entra dans mon box. Je le vis échanger quelques mots avec les deux policiers attitrés à ma surveillance. Son regard accusateur me glaça immédiatement. Il regarda les clichés de mon magnifique utérus.

– Tu vas échapper au curetage, je pense.

Je restais silencieuse. Il baissa ses lunettes dans ma direction.

– Tu t'en fou, je suppose ? m'attaquait-il.

– Comment as-tu deviné ?

Je m'asseyais sur le lit, ajustant ma blouse. Il soupirait.

– Tu bats vraiment tous les records en ce moment, me réprimandait-il.

– Qui es-tu pour me juger ?

– Ton ami, Malau !

– Un ami ne juge pas ! lui rétorquais-je du tac au tac.

Je culpabilisais et me sentais coincée de discuter ouvertement avec Franck devant l'autre endormi. D'un signe de tête je lui demandais de s'en débarrasser.

– Peux-tu nous laisser un moment ? demandait-il gentiment à son collègue.

Il attendit que la porte se referma derrière ses pas.

– Un meurtre ! T'es devenue folle, ma parole.

Je ne l'avais encore jamais vu dans cet état. Ses veines jugulaires saillantes, son teint vultueux, la colère n'avait plus de secret pour lui. Il ne lui manquait que l'écume au coin des lèvres pour avoir le trio gagnant, me le représentais-je.

– Ça va ! Calme-toi ! essayais-je de l'apaiser. Un sale type en moins sur la terre, on ne va pas en faire un fromage ! dédramatisais-je la situation.

Il me scrutait.

– Ça t'arrive de t'écouter parler ?

Il laissa un blanc, envisageant probablement une réponse de ma part, mais je n'en fis rien.

– Tu as changé.

Je secouais la tête positivement.

– J'en ai marre qu'on me dise quoi faire, quoi penser, je ne suis pas un mouton que je sache.

Nous haussions le ton chacun notre tour.

– Marre d'être entouré d'abruti comme celui qui vient de sortir.

Je m'énervais.

– Si j'ai envie de changer, de devenir folle, c'est mon droit et je n'ai de compte à rendre à personne !

Il s'asseyait sur le bord de mon lit et attrapait ma main.

– Je vois dans ton dossier que tu es restée longtemps en phase de déni, la colère que tu ressens maintenant est normale.

Je levais les yeux au ciel.

– Merci docteur, je me sens rassurée, me moquais-je de lui.

Je le vis déglutir de rage et se diriger vers la sortie. Trouvant la situation cocasse, je retins un rire nerveux.

– Tu vois, le médecin que j'ai connu aimait discuter avec les gens. Ce pauvre bougre que tu insultes a insisté pour te soigner dans le but d'avoir des nouvelles de sa sœur, incarcérée avec toi.

– C'est plus mon problème ! me relevais-je pour me rhabiller.

Il restait campé sur le pas de la porte et j'y restais indifférente.

– Ce médecin disait toujours que les échanges entre personnes étaient un don de dieu et qu'ils nous apportaient toujours quelque chose.

Je continuais ma tâche sans sourcilier. J'aurais pu lui avouer ne pas être à l'origine du meurtre, mais ma loyauté envers mon homme m'importait plus. La porte s'ouvrit et mon endormi de toubib me tendit une boîte d'antibiotiques.

– C'est quoi le nom de ta sœur ? promettais-je de me renseigner.

– Keïsha, me remerciait-il.

Je n'étais pas si mauvaise que tout le monde semblait le prétendre, mais si vous aviez le malheur de penser différemment ou que vous sortiez du moule, on vous assaillait de critiques en tout genre. Toute ma vie je l'avais ressenti et emmagasiné. Il fallait tôt ou tard que le volcan entre en éruption.

Mon but était d'avancer coûte que coûte et je plaignais d'avance le caillou, la branche et même la touffe d'herbe qui oserait se mettre sur mon chemin, en travers de ma route.

Je jetais un œil furtif sur mes clichés et me pinçait les lèvres. Je n'étais pas non plus ce monstre insensible qu'on montrait du doigt. J'avais beau me persuader que l'univers savait exactement ce qu'il faisait, perdre mon enfant me déchira un peu plus mon cœur endolori. Je repoussais violemment le dossier sur le bureau et en fit tomber un autre.

– Suspicion de salmonellose chez un enfant de deux ans.

Je le rangeais soigneusement sous le mien. Je me redressais vigoureusement.

– C'est ça ! trépignais-je de joie. La voilà, l'idée !

Je remettais toutes les pièces de mon puzzle imaginaire dans mon esprit. La liberté n'était plus qu'une question de jour et je savais pertinemment que je devais absolument me trouver ici aujourd'hui et maintenant. Je reprenais le dossier de l'enfant et mémorisait le numéro du prélèvement.

Sur la pointe des pieds, j'attrapais une boîte de Pétri, ces petits récipients ronds et plats destinés à faire proliférer les bactéries soit pour les diagnostiquer, soit pour leur trouver un traitement. Je chipais un abaisse langue en bois, ne trouvant rien d'autre dans l'immédiat. Avec une rapidité à toute épreuve, j'ouvrais le frigo, trouvais le prélèvement de l'enfant et en déposait un échantillon dans ma boîte. Trois secondes plus tard, on venait me chercher pour me rapatrier chez mes semblables. Je sortais en vainqueur.

– C'est maintenant qu'on va s'amuser ! Que le show commence ! me répétais-je en espérant tristement qu'on ne se soit pas trompé de diagnostique chez ce pauvre mioche.

De retour en cellule, je retrouvais Carol morte d'inquiétude. Ne m'ayant plus revue depuis ma douche, elle se faisait un sang d'encre.

– Mais enfin, que s'est-il passé ? Qu'est-ce que tu as foutu ? m'assaillait-elle de questions.

– Du shopping ! lui tendis-je le récipient en guise de trophée.

D'un air dégoûté, elle le prit du bout des doigts.

– Mais c'est quoi cette merde ? grimaçait-elle à l'aspect peu ragoutant du flacon.

– Tu ne peux pas si bien dire, plaisantais-je sur son contenu. Mets le sous ton oreiller et je te raconte.

Attendant qu'elle s'exécute, je commençais l'histoire par le début. Elle écouta attentivement mais de toute évidence retint certains éléments plus que d'autres.

– Je vais dormir sur de la merde !

Je me flanquais à rire.

– C'est notre porte de sortie, lui assurais-je pour l'encourager.

Bloquée sur ce qui à mes yeux n'était qu'un détail, je l'entendis répéter.

– Je vais quand même dormir sur de la merde.

Euphorique, je m'en amusais.

– Allez, vient, on a du pain sur la planche ! la reconcentrais-je.

En effet, même si nous avions une grosse partie de la stratégie, il nous fallait mettre au point certains petits détails. Le plan pour sortir d'ici se dessinait à l'horizon, il nous fallait peaufiner la sortie de l'hôpital, récupérer nos enfants respectifs et quitter le pays. Notre destination, le Mexique ; nous rejoignions la famille de Carol. L'ironie du sort certainement puisque Toni voulait m'y envoyer bien avant toute cette tragédie.

– Et comment comptes-tu nous sortir de l'hosto ?

Je me pinçais la lèvre inférieure en guise de réflexion.

– Avec un allié et une nouvelle copine qui ne nous connaissent pas encore.

Figée, elle restait septique. Je lui déballais mon plan.

– Si on aide sa sœur, il nous aidera !

– C'est du suicide ! jétait-elle ses bras en l'air.

Le pari était osé, certes, remettre nos vies entre les mains de deux inconnus était risqué, mais avions-nous le choix ?

– On fait quoi si ça foire ? s'inquiétait-elle.

– On prie !

J'haussais les épaules. Je savais pertinemment que si un seul élément de notre échafaud s'écroulait, nous aurions une réaction en chaîne à l'instar d'un jeu de domino. Il nous fallait respecter chaque étape du plan scrupuleusement, sans anticiper la suivante.

– Risqué, oui ! Dangereux, oui ! Irréalisable, Non !

Nous lancions nos filles à la recherche de Keïsha, pièce maîtresse de notre évasion.

Le cavalier sur le cheval pâle

« J'ai vu, et regardez ! Un cheval pâle ; et celui qui était assis dessus avait pour nom la Mort.
Et l'Hadès (ou : la Tombe) le suivait de près. Et on leur a donné pouvoir sur le quart de la terre, pour tuer par une longue épée, et par la disette, et par la plaie meurtrière, et par les bêtes sauvages de la terre »
(Révélation 6:8)

Le lendemain, j'insistais pour reprendre mon poste en cuisine. Il ne s'agissait pas qu'on me sucre ma place et de fil en aiguille, qu'on ne fasse capoter notre stratagème avant même qu'il ne commence. De retour d'une matinée barbante à éplucher des légumes, je me ruais sur Carol en la harcelant.

– Ça y est ? Vous l'avez trouvé ?

Le regard vide et sans expression, je la pressais.

– Alors !?

Elle acquiesça de la tête.

– Parfait ! me montrais-je satisfaite.

Je vérifiais que mes charmantes bactéries proliféraient dans des conditions optimales à leur croissance.

– C'est bien mes bébés, les congratulais-je.

Carol s'approchait de mon épaule.

– On est censé avoir quoi avec ça ?

Je souriais machiavéliquement à sa question.

– Juste de la diarrhée, des vomissements, des crampes abdominales et de la fièvre.

Elle fit un mouvement de recul, inquiète.

– Et tu vas nous infliger ça ?

– À nous, non ! ricanais-je, amusée.

Mon attention se dirigeât vers notre poubelle.

– Qu'as-tu fait, malheureuse ? dis-je en récupérant ma boîte d'antibiotiques délivrée la veille par le frère de Keïsha.

Je vérifiais que les comprimés s'y trouvaient encore.

– Tu as dit que tu ne les prendrais pas.

– J'ai pas dit non plus que je n'en avais pas besoin, essuyais-je d'autres saletés collées au carton d'emballage.

Il s'en était fallu de peu, soupirais-je discrètement.

– Je ne comprends plus rien ! jetait-elle ses bras au ciel.

Je lui dévoilais la suite du plan :

– Les gardiennes ne sont pas stupides, même si nous pouvons simuler des symptômes comme les maux de ventre, la diarrhée, ils prendront d'office notre température avant de nous embarquer à l'hosto. Et ça, je m'en occupe, avec un petit cocktail maison !

– J'espère que tu sais ce que tu fais ! déposait-elle sa main sur mon épaule.

– Parle-moi de notre nouvelle amie, la redirigeais-je vers ses propres attributions.

– Tu aurais pu me dire qu'elle était afro ! semblait-elle ennuyée.

Je replaçais soigneusement ma boîte en putréfaction entre la taie et l'oreiller de Carol.

– Ça change quoi ?

– Dehors, rien ; ici, tout.

J'haussais les épaules, septique à ses allégations.

– Les latinas et les afro ne se font pas la guerre, que je sache, commentais-je.

– Ça ne veut pas dire non plus qu'elles s'apprécient.

– J'irai lui parler moi-même, clôturais-je le débat.

J'attendais impatiemment l'heure de la balade quotidienne pour rencontrer notre ticket de sortie. Carol ne misait pas lourd sur ma réussite, selon elle, j'avais plus de chance de me faire remballer sans pouvoir l'approcher que le contraire. Plus je la côtoyais et plus je la trouvais pessimiste. Imaginer un dénouement heureux lui était presque impossible.

– Ne pourrais-tu pas une fois m'encourager, au lieu de me trouver des difficultés partout ? la taquinais-je en entrant dans la cour.

Nous marchions lentement côte à côte, suivie de près par nos filles. Nous nous dirigions vers le fond du terrain comme à notre habitude. J'aimais cet endroit, juste à côté d'un petit préau car il donnait une vue d'ensemble sur l'intégralité de la populace.

– Renseigne-moi, lui glissais-je à voix basse en parcourant notre chemin.

– À droite, en retrait, une larme tatouée sur la joue gauche.

Je la bousculais gentiment.

– Tu aurais pu me dire qu'elle était leader.

– Un point partout, se foutait-elle de moi.

Je grimpais sur notre banc et m'asseyais sur le dossier. Ça corsait juste le problème de l'approcher mais pour le reste, rien ne changeait. J'arrachais la cigarette des mains d'une de nos filles et me lançais, sûre de moi.

– Confiance, Malau, me répétais-je en inhalant quelques bouffées de ce poison censé me calmer.

Le ciel se couvrit brusquement et une pluie torrentielle affola les troupes. La moitié des filles se rua vers le préau, tandis que l'autre, plus téméraire attendit le bon vouloir des gardiennes de les faire rentrer. Je stoppais mon élan et attendis d'être rejointe par Carolina. Je dégoulinais de la tête au pied en les regardant s'approcher.

– C'est foutu ! Semblait-elle dépitée.

– Ce n'est que partie remise, mais il faut rentrer, grelottais-je.

De retour en cellule, je me séchais vigoureusement les cheveux.

– On fait quoi maintenant ? lui désignais-je du doigt la porte restée béante.

Ça n'était encore jamais arrivé que la météo capricieuse nous prive de notre sortie.

– Pause couloir.

Je vérifiais par moi-même. Effectivement, des attroupements ici et là se formaient et provoquaient un brouhaha assourdissant. Carol s'affala dans son lit. Si on pouvait sortir et déambuler à notre guise dans le bâtiment, je n'allais certainement pas rester les bras croisés.

– Tu as son numéro de cellule ? me préparais-je à réitérer ma manœuvre de tout à l'heure.

– Je serais toi, je ne ferais pas ça, conseillait-elle.

– Mais tu n'es pas moi.

Je jetais furtivement un œil par-dessus la balustrade et elle se releva de sa couchette.

– C'est beaucoup plus dangereux qu'à l'extérieur, il y a moins de surveillance.

– Je ne renoncerai pas si près du but, lui assurais-je calmement.

– 525.

J'essayais de me repérer, me basant sur notre propre numéro.

– C'est l'étage du dessus, comprenais-je aisément.

Carolina me barra le passage.

– Tu seras revenue avant de lui avoir parlé, elles ne te laisseront pas approcher sa cellule.

– Qui ne tente rien n'a rien ! me faufilais-je entre sa silhouette fluette et l'encadrement de la porte.

Il me restait plus ou moins trente minutes avant de la fin de la pause, il ne s'agissait pas de lambiner. D'un pas décidé, je me dirigeais vers l'escalier qui menait à l'étage supérieur. Certaines filles suivirent ma démarche du coin de l'œil. Il avait bien changé le temps où je fixais le sol en ces mêmes couloirs. Je soutenais leurs regards interrogatifs, les forçant si nécessaire à se pousser de ma route. J'arrivais bien vite à destination et me rendis compte que Carol avait vu juste. Un attroupement de filles peu commode gardaient l'entrée de sa cellule. Il ne s'agissait pas de laisser transparaître une quelconque crainte. Elle était mon égal dans un certain sens, et j'adoptais une attitude sereine et fière.

– Je viens voir Keïsha ! m'adressais-je au groupe.

L'une d'entre elles me fit face.

– Qu'est-ce qui te fais penser avoir ce droit ? se croisait-elle les bras, formant de par sa stature un roc se dressant devant moi.

– C'est pas à toi d'en juger, dégage ! montrais-je les dents.

Ma réplique libéra une dose considérable d'adrénaline à la meute restée en retrait. Je fis mine de déglutir en ne baissant pas les yeux.

– Vous n'avez pas intérêt à remuer un seul doigt, leur recommandais-je assurément.

Une voix provenant de la cellule me sauva la mise :

– Laisse-la entrer.

Un chemin se dessina sous mes pas, j'empruntais cette allée faite de chair et d'os, me guidant vers cette rencontre tant attendue. D'un geste de la main elle dispersa le nuage de fumée de marijuana qui l'entourait.

– Je sais ce que tu veux, mais il est hors de question que tu recrutes chez moi.

Je ricanais.

– Pourquoi tout le monde semble savoir ce que je veux ? laissais-je planer le doute.

Je m'appuyais contre le mur.

– Même si je dois admettre que tu as du cran de te pointer ici, on ne participera pas à ta vendetta, me certifiait-elle.

Elle continuait à enfumer cette minuscule pièce en s'adressant à moi.

– Il n'est plus question de guerre interne, j'envisage un plus grand projet, qui à mon avis pourrait t'intéresser.

Je m'asseyais sur son lit en prenant mes aises et la fit sourire.

– J'ai rencontré ton frère il y a quelque temps, poursuivais-je, attisant sa curiosité.

Son visage changeât du tout au tout, passant en une fraction de seconde à un intérêt soudain. Un léger mouvement de tête en direction de la porte lui fit comprendre mon souhait.

– Fermez la porte ! ordonnait-elle subitement et elle s'adressa à moi. Tu veux quoi exactement ?!

– Me casser d'ici et j'ai besoin de ton aide.

À demi affalée sur sa couche, j'aimais lui donner l'impression de mon engagement.

– C'est impossible, tu ne seras pas la première à avoir essayée.

– Non, c'est sûr, mais je serai la première à réussir.

Elle me fixait curieusement. Son silence pesant me fit douter un instant.

– Tu as pris perpète, il me semble, qu'as-tu à perdre ? la poussais-je au challenge.

– Ça n'aurait pas dû être à ton amie de se présenter devant moi ?

Sa remarque censée me déstabiliser m'encourageât. Je pouvais ressentir sa peur camouflée sous son masque de trahison.

– Son homme n'a eu son titre que par abandon du mien, ne l'oublie pas, me relevais-je en étant certaine de l'avoir harponnée.

– Attends ! m'empêchait-elle de me barrer. Qu'attends-tu de moi ?

– Tu le sauras bien assez tôt, fais-moi confiance, ricanais-je.

J'avais gagné et à ce moment, c'était tout ce que je voulais. Sur le pas de la porte, je lui souris.

– Tu vois, toi et moi, on est pareil ; n'avoir plus rien à perdre nous rend dangereuse.

Je me dépêchais de rejoindre ma propre cellule avant que la sonnerie ne retentisse et ne fasse se refermer les portes automatiquement. Sur ma course contre la montre, je repensais à sa remarque, j'aimais beaucoup Carolina, et sans son aide, je ne serais probablement plus de ce monde mais j'usurpais sa place.

– C'est gagné ! passais-je notre porte.

Je la briffais sur notre rencontre, mes ressentis et mes impressions.

– Ça va le faire, elle va marcher, lui assurais-je.

Un sourire en coin, je la sentais admirative.

– C'est grâce à toi, ne l'oublie pas, la remerciais-je.

Je supposais que mon attitude non verbale la chiffonnait.

– Il y a un truc dont tu veux me parler ?

Je lui fis part de l'allusion de notre nouvelle alliée et de mon mal être.

– Tu sais comme moi que personne, pas même Emilio, ne rivalisera jamais avec un piller comme Toni. Je suis venue pour t'aider et au final, c'est toi qui vas me sauver, me rassurait-elle.

J'eus droit à une accolade amicale, satisfaite qu'il n'y ait aucune ambiguïté entre nous.

– C'est pour ça que je suis certaine de le retrouver en dehors de ces murs, lui confiais-je sereine.

Nous avions fixé le jour J au lundi qui suivait. Du plus loin que je me souvenais, les lundis au sein du milieu hospitalier étaient si emplis d'effervescence qu'il pouvait ajouter un atout considérable dans notre manche. Carol faisait les cents pas en attendant de pouvoir retrouver homme et enfants.

– Arrête ! m'agaçais-je, tu vas me stresser et ce n'est pas le moment.

Ma nuit fut tout sauf reposante. Je ne savais ni chasser ce cauchemar ni l'interpréter d'une quelconque manière. Nous habitions un building et d'une immense fenêtre, je regardais une tornade tout emporter sur son passage. Ma fille avait grandi et la mettre en sécurité était ma seule préoccupation. Une infirmière venait faire les soins d'Abuela qui dormait paisiblement dans sa chambre. La ramenant à son bras, j'entendais mon amie me dire :

– Un ennemi qui n'en est plus un, devient un ami.

Depuis l'enfance, j'accordais une grande importance à certains rêves, trouvant parfois un guide en eux en cas de situation difficile. Je restais silencieuse durant tout le déjeuner, prise au piège entre doutes et questions. Je ressassais point par point chaque étape de notre plan pour être sûre de ne rien omettre.

– Il y a un problème ? s'inquiétait Carol.

– Oui, et tu vas me détester, me relevais-je brusquement.

Je me débarrassais de mon plateau et me dirigeais comme attirée par un aimant vers cette fille qui avait tenté de m'agresser dans la douche. Celle-là même qui m'avait fait toutes ces révélations sur le piège tendu à Toni et Javier.

– Il faut qu'on parle, lui chuchotais-je à l'oreille.

Le vacarme du réfectoire cessa instantanément suite à mon action. Je ne savais pas du tout ce que je faisais mais poussée par une force mystique, j'étais quasi sûre de devoir le faire. Nous nous éclipsions toutes deux. Il fallait aller vite car notre évasion se dessinait à l'horizon et je voulais qu'elle soit de la partie. Je n'eus pas à débattre de quoi que ce soit pour avoir son appui. Expliquer mon geste à Carol se présumait être une autre paire de manche.

– Tu peux m'expliquer ?! m'agressait-elle sans tarder, de retour dans nos quartiers.

– Si seulement je le pouvais, soupirais-je.

– Essaye toujours ! s'exaspérait-elle.

Ne voyant d'autres solutions s'offrant à moi, je lui parlais de mon rêve.

– Tu crées une alliance de dernière minute avec nos ennemis et ceux de nos hommes à partir d'un rêve ?! Tu as disjoncté ma parole !

Je la voyais hors d'elle, ne pouvant cautionner mon acte mais le mal était fait.

– Advienne que pourra ! pensais-je craintivement.

La soirée promettait d'être longue, il nous fallait passer point par point chaque étape de notre plan et l'humeur de Carol ne s'y prêtait guère. Nous étions dimanche le lendemain et comme d'habitude, la populace entière du pénitencier allait se ruer sur cette crème pudding au chocolat qu'il nous octroyait. Elle en avait plus la couleur que le goût. Un mélange de poudre de cacao déshydratée, à laquelle venait s'ajouter une grande quantité d'eau et qui après un moment battu comme plâtre dans un gigantesque mixeur, en ressortait épaissie et prête à servir. Mes bébés bactéries s'en régaleraient à coup sûr !

Nous avions pris le risque de ne dévoiler cette supercherie qu'aux deux seules filles censées nous accompagner. Attirer le moins possible l'attention restait une de nos priorités. Le frère de Keïsha devait me fournir une grande quantité de somnifères à notre arrivée à l'hôpital, sa voiture et une petite liste de babioles. Et la dernière comparse, rien ! Carolina ne manqua pas de me le faire remarquer ironiquement.

Une fois nos enfants récupérés et séparés des deux poids morts dont nous n'avions plus l'utilité, nous mettions les voiles vers le Mexique. Le scénario était simple, mais c'est dans cette simplicité que résidait toute la difficulté. Une seule anicroche pouvait tout faire basculer et nous n'avions ni le temps ni les moyens d'échafauder un plan B. Anxieuses et excitées, nous galérions à trouver le sommeil.

Le lendemain matin, je prenais mon service le cœur léger. Bien que je savais pertinemment que j'effectuais pour la dernière fois ces actes répétitifs et fastidieux, je persévérais à maintenir une attitude identique aux autres jours.

– N'éveillons pas les soupçons, Malau, m'évertuais-je à dissimuler une mine enjouée.

La théorie de la relativité s'appliquant une fois de plus à la situation, la matinée défila à toute allure. De retour en cellule, je retrouvais ma partenaire de méfaits.

– La machine est lancée ! me satisfaisais-je.

Elle me tendit le poing.

– Por la familia !

Je la checkais, en adoptant son précepte. Les minutes les plus interminable de l'après-midi s'écoulaient lentement. Nous tendions l'oreille sur les cellules avoisinantes. Si on dit souvent que le bruit ne fait pas de bien, nous attendions assurément celui de la victoire. Je revoyais le dossier de l'enfant à qui j'avais subtilisé un échantillon de selles : « suspicion de salmonellose ». Il aurait pu avoir n'importe quelle autre pathologie nécessitant un diagnostic différentiel comme une simple et totalement bénigne gastro entérite.

– Un coup de main, Abuela, priais-je.

Je me rendis compte que je cherchais à triturer mon pendentif qui me faisait défaut. Pire, je me préparais à l'abandonner avec mes effets personnels au fond d'une vieille boîte stockée à jamais dans les méandres de cette bâtisse. Cette seule pensée me rendit nostalgique, jusqu'au moment où un gloussement organique vint chatouiller mon audition. Une personne vomissait tripes et boyaux sur le carrelage recouvrant le sol de sa piaule. Un son qui sentait bon la réussite.

Ne prenant le risque de célébrer notre succès trop vite, nous nous accrochions à l'espérance d'avoir déclenché cette réaction en chaîne tant attendue. Une heure plus tard, l'atmosphère devenait irrespirable, cette odeur aigrelette et rance qui parfumait les couloirs, donnait le signal d'alerte aux filles d'avaler les trois pilules que je leur avais remise.

Un somnifère échappé de nos ventes, reçu du colis de Franck ; un comprimé pour l'estomac, qui faisant partie de mon traitement habituel depuis mon hospitalisation, m'avait été restitué et un antibiotique sauvé de la poubelle et des griffes de Carol. Nous avalions sans tarder ce cocktail médicamenteux susceptible d'augmenter notre température corporelle de quelques dixièmes de degrés et nous ouvrir les portes du donjon.

Les matonnes, ainsi que le personnel médical, n'eus de répit cette nuit-là, courant de cellule en cellule et arpentant infatigablement les couloirs sinueux les longeant. Aux petites heures du matin, les sirènes des premières ambulances retentirent dans l'arrière-cour du bâtiment. Je m'assoupissais sereine.

– On attend quoi maintenant ? quémandait Carol à voix basse.

– Un diagnostic, murmurais-je en fermant les yeux.

Il ne se fit attendre, quelques heures plus tard, nous étions éveillées par l'ouverture des portes. Groggy par le traitement de la veille, nous attendions sagement sur notre couchette d'être auscultées. Digne d'une télénovela, j'entendais Carol répéter son texte à la lettre. Elle se sentait terriblement mal, souffrant de migraine et de maux de ventre atroce. À mes yeux, elle méritait un Oscar pour sa performance dans ce rôle que je lui avais octroyé.

« Pourvu que ça se passe aussi bien avec les deux autres », songeais-je.

J'entendis le déclic du thermomètre frontal accorder à mon amie un aller simple pour la sortie.

– Idem, ne répétais-je bêtement l'énumération des symptômes.

Je trépignais d'impatience de les rejoindre, mais ce foutu engin bon marché refusait de fonctionner.

– Ça va, concluait le médecin.

Le cadran affichant « 36.5°C » me refroidissait spontanément. Empreinte de sueurs froides, je bredouillais :

– De quoi s'agit-il ? m'adressais-je au personnel médical.

– Une simple intoxication alimentaire, banalisait-il l'épidémie, certainement à la demande de la direction.

– Je travaille en cuisine, ne faudrait-il pas prévenir les services d'hygiène ? attaquais-je diplomatiquement.

Ils sortirent de mon champ de vision un instant. Sur la sellette, j'attendais de savoir si mon intelligence avait eu raison d'eux.

– Par mesure de précaution, étant donné votre travail ici, nous préférons vous emmener aussi, revenaient-ils sur leurs pas.

« Gagné ! » jubilais-je.

Je sortais de prison, sans passer par la case départ grâce à ma carte chance.

Étant donné le nombre de détenues à évacuer, ils s'étaient résignés à utiliser des véhicules médicaux. Transférées dans leurs propres bus privés, je cherchais discrètement mes alliées du regard. Je trouvais trois rangs derrière Carolina. D'un léger signe de tête, elle me confirmait ce que je présumais. Keïsha ne se trouvait pas parmi nous. Peu m'importait de voir le fond occupé par la quatrième roue du carrosse. Sans elle, il se pouvait que notre plan capote à mi-chemin.

Certaines filles tellement mal en point étaient allongées sur des civières à peine descendue du bus. Sur nos jambes mais arborant de fausses postures algiques nous suivions le personnel médical. Le frère de Keïsha vint à notre rencontre, conservant son attitude décontractée que je lui connaissais.

– Salle trois, il reste deux places, nous indiquait-il à Carol et moi tout à fait anonymement.

Nous nous regardions toutes deux inquiètes en nous dirigeant vers l'endroit indiqué. J'eus un doute en poussant la porte, mais il s'évanouit en fumée lorsque que mon regard croisa celui de sa sœur allongée dans un lit. Carol refermât la porte derrière nous et lançant mes bras au ciel, je ne pus dissimuler ma joie. Je prenais place dans mon lit. Bien que j'avais dû presque essayer tous les matelas depuis mon arrivée dans ce pays, celui-ci avait un goût de liberté et de délivrance.

L'infirmière entra, précédée de son chariot de soin. Une prise de paramètres et une analyse de sang plus tard, nous discutions de la suite des opérations. Keïsha fut la seule de nous quatre à écoper d'une perfusion de glucosé à 5 %. Grande consommatrice de marijuana, elle montrait probablement des signes de déshydratation.

– On fait quoi maintenant ? se renseignait-elle en se grattant le bras relié au cathéter.

– On attend ton frère et la liste que je t'ai remise.

– On ne devrait pas attendre la nuit pour se barrer ? proposait l'invitée de dernière minute.

J'avais effectivement analysé cette possibilité mais je m'y étais résignée. J'hochais négativement la tête.

– Non, pas avec les caméras de surveillance et des couloirs à moitié vide.

Je pouvais lire dans le regard de Carol, un agacement à sa remarque. Le médecin entra et referma soigneusement derrière lui.

– Tu as tout ce que je t'ai demandé ? bondissais-je hors du lit.

Il se dirigeât vers les armoires de soins au fond de la pièce et lui emboîtant le pas, je m'adressais à sa sœur.

– Vire-moi ta perfusion.

Il prépara sur le plan de travail l'intégralité de mes exigences et j'attrapais au vol un pansement pour le balancer à Keïsha.

– Colmate le point de ponction !

J'attrapais trois fioles de sédatif et commençais à puiser la solution dans trois seringues distinctes.

– Tu n'es pas comme tout le monde, toi ! me congratulait Carol en supervisant tous mes faits et gestes.

– Parce que je ne suis pas comme les autres et que je suis différente, chantonnais-je un des derniers titres de Tony Dize en featuring avec un autre chanteur de reggaeton.

– Combien il y a de flics dans le couloir ? m'informais-je en chassant les bulles d'air de mes injections.

– J'en ai vu deux, me dit-il en terminant de vider l'intégralité d'un minuscule placard.

Ne voulant perdre de temps, je commençais à me dévêtir.

– Ramène-les !

– Mais comment... commençait-il sa phrase.

– Dis-leur qu'on n'est pas sage ! me marrais-je en soutien-gorge et culotte.

Je retournais dans mon lit et me couvrait intégralement, ne laissant entrapercevoir ma tenue indécente. Carol me suivit, reproduisant mes gestes.

– À vous de jouer les filles, je vous veux très vilaines ! m'adressais-je aux deux autres en riant.

Je fixais la porte et jetais une des seringues sur le lit de mon amie.

– Tu en prends un et moi l'autre.

– Mais j'ai jamais fait ça de ma vie, la tenait-elle du bout des doigts.

– Enfonce et appuie ! murmurais-je en voyant les deux gardes se précipiter à la rescousse du pauvre médecin démuni.

Nos deux actrices s'en donnaient à cœur joie, gesticulant et aboyant des grossièretés à la pelle. Armés de contentions censée les maintenir au calme, les flics se penchèrent sur leur lit. En démarche de félin, Carol et moi en profitions pour les surprendre par l'arrière et leur injecter la solution médicamenteuse. Ils n'eurent à peine le temps de s'en rendre compte, qu'ils s'écroulèrent brutalement au sol.

– Tu beugues ? me demandait-elle, tandis que je les scrutais allongés de tout leur long.

– Non, je prends des mesures.

Interrogative, elle fronça les sourcils. Tout devait aller très vite, c'était dans la rapidité de l'action que nos chances de réussite se voyaient décupler.

– Toi, tu prends celui de droite, le pointais-je du doigt en regardant Carol. Et toi, l'autre. M'adressais-je à celle qui aux yeux de mon amie ne devait pas être là.

Carol m'attrapa le bras.

– Vous les déshabillez et enfilez leurs vêtements.

Elles s'exécutèrent sans broncher.

– Et moi ? s'inquiétait Keïsha, se sentant mise à l'écart.

Je lui tendais un simple masque.

– Te voilà positive au Covid ! Félicitations !

Toujours en petite tenue, je dirigeais le centre des opérations. J'attrapais l'ultime injection et dévisageait notre médecin dévoué.

– Je n'ai pas le choix ! lui faisais-je comprendre.

S'il ne se pliait pas à ma volonté, il serait en tête de liste des suspects de notre évasion et sa carrière en serait compromise. Il le savait et moi aussi. Bien plus professionnellement, je le faisait se coucher à même le pavement.

– Tes clés de voiture, lui demandais-je de les remettre à sa sœur.

Lentement, je le déconnectais de la réalité, effaçant les preuves de notre collaboration.

– À mon tour !

Je lui ôtais son uniforme pour en prendre possession et finissait par une surblouse de protection, masque, gants et bonnet qu'on arborait systématiquement en Unité Covid. Nous étions prêtes et sur le point de risquer de mettre le nez dehors. Rejoindre la voiture et foutre le camp de ce bahut était notre dernière étape. Je prenais la tête du peloton, suivie de près par Keïsha, bien entourée de nos deux comparses.

Tout se passait bien, jusqu'à environ la moitié du couloir. Un groupe de policiers en faction devant une autre chambre nous dévisageait. Gardant mon calme et ne cédant à la panique, il me fallait du temps pour réfléchir. Je déviais subitement ma trajectoire vers le bureau central du secrétariat médical.

– J'ai un antigénique positif. Tu peux vérifier s'ils ont de la place à l'étage ?

Je la vis pianoter sur son PC en quête de la réponse que j'attendais. Avoir travaillé si longtemps ici me prodiguait certains avantages et reprendre mon rôle de médecin le temps d'un instant me permettait d'analyser et anticiper la suite des événements. Je soupirais et me forçais à bailler.

– Je sens que cette journée va me sembler longue, montrais-je mon impatience.

Cette pauvre fille leva timidement les yeux vers moi, ennuyée de ne pouvoir activer la manœuvre.

– Je suis désolée docteur, je n'ai qu'un seul isolement au premier étage.

– N'importe quoi ! me fâchais-je sur le manque d'organisation et de moyen dans ce qui était ou devait être un établissement de renommée.

Du coin de l'œil, je vis le groupe que je tentais d'esquiver se rapprocher dangereusement.

– Bloque le moi ! S'il te plaît, ajoutais-je, un peu coupable de l'avoir malmenée au préalable.

Je me forçais à plisser les yeux en direction de Carol pour qu'elle comprenne que malgré le fait que mes actes et paroles en démontraient le contraire, cette nouvelle me ravissait.

– Aucun transfert de prisonnière n'a été autorisé à cet étage ! me lançait un des flics en s'avançant vers nous.

– Suspicion Covid, elle part en isolement ! Je faisais mine de ne leur accorder que peu d'attention en attendant la remise de ma feuille de transfert.

Il retourna quelques minutes auprès de ses collègues et revint à la charge.

– Nous ne pouvons assurer de surveillance aux autres étages, elle reste ici ! montrait-il les dents.

De mes trois têtes en moins que lui et me déboîtant presque les vertèbres cervicales en maintenant son regard, je me donnais à cœur joie de lui rabattre son caquet.

– C'est un service d'urgence ici, et je ne vais certainement pas prendre le risque de contaminer ma patientèle sous prétexte que vous ne savez pas bouger votre cul.

Je riais derrière mon masque de le voir trépigner de rage.

– C'est le protocole de l'hôpital qui prime et vous n'avez aucune autorité dessus, ajoutais-je en guise de coup de grâce.

D'un signe, je remettais notre petit groupe en route, toutes ailes déployées.

– Ne les regardez pas ! murmurais-je aux filles en appelant l'ascenseur.

J'enfonçais le bouton –1, tandis que les portes coulissantes grinçaient en se refermant. Seules à l'emprunter, nous nous relâchions un peu de toute cette pression.

– Le parking est au –2, ne manquaient pas de me faire remarquer les autres.

Je pouffais à cette remarque et levais mes yeux au ciel. C'était à moi, qui travaillait auparavant ici et qui utilisait cet endroit pour stationner mon véhicule, qu'elles allaient apprendre où était-il situé.

– Et bien évidemment, sortir dans cet accoutrement n'attirera pas l'attention, me moquais-je d'elles.

Elles me suivirent sans résigner. Nous arrivions vers la buanderie de l'hôpital. Cet endroit aurait pu être déniché par n'importe quelle personne ne connaissant pas l'établissement. Entre l'odeur particulière des produits d'entretien et les vapeurs suffocantes émanant des presses, l'atmosphère s'alourdissait au fur et à mesure que nous nous y approchions. Je les fis traverser l'entièreté du local en prenant garde de nous faire repérer. Tout au fond, à l'arrière des machines, nous pénétrions un petit cagibi et je prenais garde de refermer la porte, nous y enfermant.

– Ici, on garde les fringues que les gens oublient, ou si personne ne vient débarrasser la chambre après leur décès.

Voyant ces pétasses réticentes, je me flanquais à rire.

– Ça ne va pas vous mordre, c'est comme du shopping gratos ! secouais-je la tête face à l'absurdité de leur répulsion.

Première à poil, je montrais l'exemple en m'accoutrant de ces guenilles laissées pour compte.

– Il faudrait peut-être se grouiller, les secouais-je un peu.

Quelques minutes plus tard, nous nous éclipsions de ce sauna nauséabond. Une technicienne nous surpris nous échappant par l'unique porte du local.

– Nous cherchons le parking, pouvez-vous nous aider ? pris-je un air innocent.

D'une naïveté sans égal, elle prit le temps de nous indiquer la bonne direction. Le temps de la remercier, nous prenions nos jambes à notre cou. Nous arrivions enfin dans le parking, Keïsha activa plusieurs fois le système de verrouillage central afin de trouver la bonne voiture. Malgré l'odeur des gaz d'échappement accumulé dans cet endroit sombre et clos, je humais le doux parfum de la liberté.

Carol fut la première à être larguée chez elle. Je la jalousais un peu qu'elle retrouve homme et enfants tandis que notre avenir incertain se dessinait à l'horizon tel un grand point d'interrogation.

– Je t'appelle d'ici une demi-heure, me rassurait-elle.

Nous avions prévu de nous exiler vers le Mexique. Sa famille ayant selon ses dires, acceptés de nous recevoir ma fille et moi comme des réfugiées clandestines. Mon tour de retrouver mon bout de chou arriva. Stationnées devant chez Maria, je les saluais un peu nostalgique à l'idée que nos routes ne se croiseraient certainement plus.

– Attends ! me retenait la dernière passagère de notre virée de fortune.

Elle m'agrippa la main et me remit son numéro de téléphone.

– Je ne sais toujours pas pourquoi tu l'as fait, mais je t'en dois une !

Je lui rendis son sourire, n'y apportant aucune réponse. Si j'avais joué la carte de la franchise, je lui aurais répondu que je n'en avais aucune idée non plus et c'était le moindre de mes soucis. Je me précipitais chez Maria avec la seule idée fixe de retrouver ma fille.

Ne m'annonçant pas, je poussais la porte à l'instar de mon propre domicile. Je remportais la palme d'or de l'effet de surprise, surgissant dans sa cuisine.

– Mais qu'est-ce que... laissait-elle échapper de ses mains un torchon.

Je la voyais sécher les biberons de Mia, totalement concentrée dans son travail.

– Trop long à t'expliquer, dis-je en la serrant dans mes bras.

Un moment de pur bonheur de la retrouver que je devais écourter au plus vite. Mon téléphone retentit dans ma poche.

– OK, répondis-je brièvement à Carol qui se mettait déjà en route pour nous récupérer Mia et moi.

– Je n'ai pas le temps, où est ma fille ? ne donnais-je plus de détails à ma meilleure amie.

Je débarquais en mode tornade et la pauvre ne comprenait pas ce qui lui arrivait.

– Dans ma chambre mais elle dort.

J'entendis juste l'endroit indiqué que je fonçais la réveiller. Penchée sur son berceau, je restais un moment à l'admirer. On dit que les bébés changent de jour en jour et sur si peu de temps, elle me semblait métamorphosée.

– Par chance, elle ressemblait de plus en plus à son papa, la contemplais-je.

De la couleur de ses cheveux à celle de sa peau, tout en elle me faisait penser lui. Elle s'éveilla sans que je la touche et me fit le plus beau des sourires d'enfant.

– S'il ne devait avoir qu'un seul signe d'espoir en ce bas monde, il ressemblerait à ça ! prêchais-je en laissant échapper une larme.

Je la pris dans mes bras et la serrais, soulagée que l'univers ne m'ait pas tout enlevé.

– Merci Maria, ravalais-je mes sanglots.

Je lui étais si reconnaissante d'avoir pris soin d'elle durant mon absence que les mots pour le lui signifier me manquaient. J'entendis klaxonner devant la porte et filait sans demander mon reste. Je ne voulais pas lui attirer de problème et persuadée que moins elle en saurait, plus grande serait sa chance.

– De nouveau, un nouveau départ effectuais-je une redon-dance, pensive.

Mais cette fois, j'étais prête. À force d'encaisser les coups, on ne les sent plus. La vie m'avait tellement fait trébucher qu'il ne me restait que la fierté de m'être à chaque fois relevée. Ma force, je la tenais dans mes bras et j'étais bien décidée à en faire une battante comme moi. Je me devais de continuer juste pour lui rappeler chaque jour à quel point son père l'avait aimé. Lui ra-conter quel homme merveilleux il était, si fort et tellement intel-ligent. Je ne me retournais pas sur elle, m'interdisant une quel-conque culpabilité risquant d'effriter cette carapace que j'avais mis tellement de temps à revêtir. Je lui souriais, sans qu'elle ne s'en aperçoive en attrapant la poignée de porte.

– Je sais l'importance que tu as eus dans ma vie, toi, qui sans peut-être même le savoir avait un rôle crucial. Je te souhaite tout le bonheur du monde dans ton chemin et que l'univers te vienne en aide et t'évite de souffrir. Le vent te chasse mais tu ne quitteras jamais mon cœur, mon amie, conjurais-je le sort.

Je sentis la porte s'ouvrir sans que je ne la touche. Une étin-celle de magie plus tard, je me trouvais face à face avec Toni.

– Serais-je en train de rêver ? me demandais-je sans pouvoir décoller mes lèvres.

Tout aussi surpris que moi, nous restions un moment à nous manger visuellement. Je ne savais pas si je devais rire ou pleurer ; si la fiction avait remplacé la réalité.

– Je te croyais mort, lançais-je un regard entre dépit et dégoût à Fernando, qui, caché dans son ombre essayait de se faire oublier.

Toni ne semblait pas plus que moi comprendre les circonstances de ma présence. Il s'avança dans la pièce, serein et calme.

– Laisse-nous ! ordonna-t-il à Maria, la forçant à quitter sous la contrainte son propre domicile.

Remettant notre fille dans son landau, je prenais conscience que Fernando quant à lui n'avait pas attendu une quelconque sommation pour prendre la poudre d'escampette. Je m'attendais à être enguirlandée, à ce qu'il se fâche une fois de plus, mais il n'en fit rien.

– Viens, m'invitait-il à le suivre dans le canapé.

Je tombais dans ses bras, me convainquant que tout ceci n'était un rêve.

– Cuentame, me murmurait-il à l'oreille sensuellement.

Je reprenais depuis le commencement, le lendemain de notre coup de fil nocturne. Rien que d'y repenser et sentant ses doigts effleurer mon bras, j'eus un frisson faisant se dresser chaque minuscule poil de ma peau. Je me blottissais contre lui si fort que nos corps semblèrent fusionner.

– Cette nuit-là, ton appel m'a tenu éveillé, m'expliquait-il.

Je me rendais compte qu'il s'en était quand même fallu de peu pour que je ne le perde à jamais, je tressaillais.

– Et le corps calciné dans ton bureau ? m'informais-je.

– L'incendiaire.

– J'ai eu si peur, lui avouais-je en l'étreignant.

– Je devais te faire sortir comme prévu le jour de ton échographie et Fernando était censé...

Il effectua une ronde du regard à travers la pièce.

– Où est-il passé celui-là ? cherchait-il son meilleur ami.

Je soupirais tristement.

– Il n'y avait plus d'écho prévue, lui expliquais-je ma fausse couche.

Il m'entoura de ses bras puissants, me procurant ce sentiment de sécurité qui m'avait fait défaut depuis si longtemps. Perpétuellement sous tension, je m'en libérais enfin au profit d'une énergie positive, emplie d'amour et d'espoir. Il posa sa bouche sur ma tempe, la réchauffant de son souffle et je continuais mon récit.

– Le Mexique ? éclatait-il de rire.

J'haussais les épaules.

– Si je me rappelle tu ne voulais pas y aller, me fit-il souligner.

Nous nous dévorions du regard amoureusement, tandis que je terminais par un « je te croyais mort » répétitif.

– Tu mériterais des claques à avoir pris tous ces risques.

Il replaça une mèche rebelle de mes cheveux derrière l'oreille.

– Plus rien n'avait d'importance, sans toi, reconnaissais-je n'avoir que peu mesuré l'ampleur de certains actes.

Nous nous embrassions tendrement. Comparant chaque caresse buccale au goût du fruit défendu, à la saveur du miel un soir d'hiver, j'en occultais tout ce qui nous entourait. Rien, ni les portes du paradis, ni l'hydromel qu'on y trouvait n'aurait pu me faire oublier un seul de ses baisers. Il m'en aura fallu du temps pour dompter ce taureau sauvage, pour l'apprivoiser, qu'une vie entière ne me suffirait à l'aimer.

– On va peut-être envisager de faire rentrer les autres.

Je secouais négativement la tête et l'enfouissait dans le creux de son bras. Je n'avais pas l'intention de bouger d'un poil et je lui faisais comprendre. Rien ni personne ne me chasserait de la place que j'occupais à ce moment, rien ni personne ne m'arracherait de ses bras. Ma fille se mit à pleurer, me rappelant que rien ni personne, excepté l'heure du repas. Je me relevais, guidée par l'instinct maternel. La petite dans les bras, je revenais sur mes pas où la pièce s'était soudainement remplie de visages bienveillants et compréhensifs. À l'exception peut-être de Fernando, dont je préférais oublier la présence. Maria venait à la cuisine m'aider à préparer un biberon. Je les entendais discuter.

– Il en est hors de question ! se fâchait Toni, au point de me faire sursauter.

Le ton montait, et je ne me sentais pas rassurée. Je délaissais à nouveau ma fille dans les bras de mon amie, intriguée par les cris de colère de mon homme.

– Que se passe-t-il ? déboulais-je en trombe.

Tout le monde se tus à mon arrivée et je me mis à décoder les langages corporels. Toni trépignait, empreint d'une nervosité extrême. Je lançais un regard glacial à Fernando, le pensant, ou plutôt, l'affublant d'une quelconque responsabilité. Il baissa les yeux, honteux. Emilio se releva si brusquement d'une chaise, qu'il la fit basculer.

– Tu n'as pas le choix et tu le sais, puñeta !

Je m'approchais de Toni pour tenter de le calmer. Il passa son bras autour de mon cou.

– Plus jamais ! pointait-il son doigt dans son visage.

Je le fis reculer doucement, en glissant ma main contre son torse.

– Résonne le Malau ! s'y mettait Carol en s'énervant à son tour.

– Calme toi bébé, lui murmurais-je, alors que complètement décalée, je ne comprenais pas un traître mot à leur dispute.

– Tu dois venir avec nous Malau ! éclairait-elle enfin ma chandelle.

– Elle n'ira nulle part, maintenait fermement Toni.

Personne, et je dis bien personne, pas même moi, n'aurait pu arriver à négocier quoi que ce soit avec lui quand il se trouvait dans un tel état de rage.

– Chut, caressais-je sa poitrine malgré tout en vain.

Je dévisageais Carol, la suppliant d'abandonner avant que la situation ne tourne mal entre son mec et le mien.

– Où compte-tu la cacher ? renvenimait Emilio.

– C'est une fugitive, tout le monde sera à sa recherche d'ici quelques heures, ajoutait Carol en soutenant son mari.

Ils n'avaient pas tort, mais Toni n'en démordait pas. Ce que les autres interprétaient pour de la colère, je le ressentais par la peur de me perdre à nouveau. Je m'interposais entre lui et Emilio.

– Ils ont raison, appuyais-je mon front sur son torse.

Je sentais les battements de son cœur cogner contre son thorax, d'une puissance et d'une rapidité sans égal.

– On va trouver un autre moyen, me rassurait-il en relevant mon visage.

Les lèvres pincées d'un léger rictus, j'approuvais sa confiance.

– Je ne veux pas te perdre non plus, chuchotais-je, rassurée qu'il redescende enfin dans les tours.

– Qu'est-ce qui te retiens ici ? Tu n'as qu'à venir avec nous ! s'évertuait Carol à nous trouver une solution.

– Pas sans fric ! refusait-il sa proposition.

– On est plus fort à deux, bébé, on s'en sortira, même sans argent, trouvais-je l'idée judicieuse et insistais-je pour qu'il révise sa position.

J'essayais de le faire changer d'avis, les yeux emplis d'espoir. Un nouveau départ s'offrait, nous déroulant une route peut-être pavée d'inconnu mais tellement attirante. Abandonner cette vie trop dangereuse à mes yeux pour y fonder une famille et enfin trouver la paix. Remplacer la haine qui coulait dans nos veines au profit d'une existence pleine d'amour et de rêves. Le projet me paraissait presque surréaliste.

– Comment subvenir à notre fille, sans rien ? me faisait-il redescendre cruellement de mon nuage.

– Hector attend un gros arrivage cette semaine, grognait la voix de Fernando du fond de la pièce.

Le regard de Toni s'illumina. Tandis que le mien s'éteignit subitement.

– Non bébé, s'il te plaît, le suppliais-je de n'avoir rien entendu.

Il me fixait sévèrement, continuant à interroger son meilleur ami.

– Gros comment ?

Je secouais la tête, dépitée.

– Plusieurs millions destinés à Javier.

Il m'attrapa vigoureusement par les épaules.

– Tu voulais un nouveau départ, tu vas l'avoir.

Il me lâchât, l'appel de l'adrénaline avait une fois de plus eu raison de nous.

– Pas comme ça, m'attristais-je sa décision.

Tous s'asseyaient autour de la table de la salle à manger pour discuter. Je restais un moment en retrait, ne cautionnant pas une nouvelle guerre, un nouveau plan de bataille. J'en étais lassée, épuisée. Je quittais la pièce, regrettant ma décision de ne pas partir avec Emilio et Carol. J'avais besoin de prendre l'air, de me recentrer, qu'un voile de solitude m'enveloppe tendrement. Toni s'empressa de me rattraper.

– Qu'est ce qui te prend ? me saisissait-il le bras.

– Je refuse de participer à ça ! le repoussais-je.

Tous ces mois durant à me battre contre des moulins à vent pour lui, pour nous, pour qu'à la première occasion il ne fasse s'écrouler le château de carte que j'avais mis tant de temps à construire. Je glissais mes doigts dans son dos de haut en bas, délicatement à la manière d'une caresse jusqu'au moment où j'arrivais à en extraire son arme coincée dans la ceinture de son jean.

– Tiens ! lui tendais-je après en avoir extrait les balles.

J'en remis une seule dans le chargeur et lui présentais la crosse.

– Tu es un cow-boy ! Jamais tu ne changeras et le pire, c'est que je ne suis pas sûre de vouloir que tu changes, mais il n'y a pas de place pour moi dans ta vie.

Je le laissais là, planté. S'il voulait jouer à la roulette russe, qu'il le fasse seul. Je traçais mon chemin sans me retourner. Mon cœur se déchirait mais je luttais, regardant un point fixe à l'horizon et maintenant ma route. Je pensais à Orphée et Eurydice. Lui, musicien et poète de la mythologie grecque ; elle, nymphe des forêts.

Ayant perdu son épouse, Orphée pleura sa mort durant la cérémonie funèbre. Les Dieux, sensibles à son chagrin, autorisèrent le jeune héros à descendre aux Enfers pour qu'il aille la rechercher. Une seule condition lui était imposée : qu'il ne croise pas le regard d'Eurydice en remontant des Enfers. Arrivé au bout du chemin, il transgressa la règle et se retourna vers sa bien-aimée. Il perdit Eurydice à jamais qui s'évanouit dans les Enfers.

Après avoir marché un peu plus d'une heure sans réellement savoir où j'allais, je décidais de me poser dans un motel miteux pour m'y reposer et y passer la nuit. Le parking étant désert, j'étais persuadée d'être la seule cliente qu'il avait dû recevoir depuis longtemps. Le gérant ne me demanda ni papiers d'identité, ni carte de crédit. Soulagée de n'en posséder aucun, je me sentais en sécurité. Je payais en liquide une chambre à peine plus grande que ma cellule et à la propreté plus que douteuse. Même si j'appréciais de me retrouver enfin libre, je doutais de ma décision. J'avais quitté le navire avant qu'il ne sombre. Protégeant ma santé mentale au détriment de ma conscience et de mon amour pour lui. Je n'avais que ce que j'avais sur le dos, les haillons volés à l'hôpital et un peu de liquidité, de quoi survivre quelques jours. Me sentant vidée de force, j'allumais le poste de télévision et me fit couler un bain, le seul luxe de ce médiocre endroit. Un nuage de poussière se dégageât du lit en m'asseyant dessus pour me dévêtir.

— C'est un cauchemar, Malau, tu vas te réveiller, tentais-je de me rassurer.

Une alerte concernant un flash spécial attira mon attention sur l'écran de la minuscule TV. Je tendais la main vers la table de chevet pour en saisir la télécommande et augmentais le volume. Les autorités avaient déjà réussi à retrouver Keïsha et elle avait repris sa place au sein du pénitencier. Les avis de recherche défilaient l'un après l'autre, placardant nos photos en gros plan telles de dangereuses criminelles. Je me pétrifiais. Inconsciemment, je cherchais des yeux mon portable, oubliant un instant que mes effets personnels étaient et resteraient la propriété de la prison. J'étais seule, perdue et n'avais pour ainsi dire aucun moyen de contacter qui que ce soit.

Si je devais avoir le même sort que Keïsha, mes jours seraient définitivement comptés. Après avoir déclenché le déluge en ces lieux, espérer avoir une quelconque alliance me paraissait inconcevable. Pire, je prendrais la place de cible et de proie facile. À ce moment, le silence m'enveloppa. Ma destinée funeste m'importait peu si ce n'était le mal que je m'apprêtais à faire à l'homme que j'aimais, à ma fille, à ma seule famille. Je coupais le son, laissant les images se succéder et me dirigeait vers mon bain.

— La nuit te portera conseil, m'encourageais-je.

Je n'avais plus la force de réfléchir et dormir me semblait la meilleure décision. Du moins, la seule qui était à ma portée.

Malgré la sensation de perte d'appétit, mon estomac grondait. Je me contentais de deux paquets de chips trouvés au distributeur automatique au bout du ponton, juste à côté de la réception. Je m'endormais très vite à ma grande surprise étant donné mon état d'esprit mais ne put trouver le sommeil profond. Chaque bruit de véhicule s'approchant de près ou de loin me faisait sursauter et m'extirpait de mon assoupissement. Finalement, je ne fis que somnoler jusqu'au lever du soleil. Je ne peux affirmer la véracité de mes dires, mais il me semblait que ce bulletin d'information tourna en boucle durant mon demi-sommeil.

Au petit matin, je filais sous la douche. Ma peau blairait l'odeur pestilentielle de moisissure de la literie. Bien motivée à appeler Toni du téléphone fixe fourni en location, je me dépêchais. Une voiture de police, toute sirène hurlante, passa à toute vitesse devant le motel. Mon cœur se mit à battre la chamade. Décalant prudemment les tentures, je vérifiais qu'elle ne se soit arrêtée à proximité. On cogna brusquement à la porte. De ma position, je visualisais un chariot de ménage.

– Je vais encore rester cette nuit, m'adressais-je à la dame d'entretien sans lui ouvrir.

Bien que ce soit faux et que je ne comptais pas rester une minute de plus ici, la peur qu'elle reconnaisse mon visage devenu tristement célèbre me hantait. Je remettais mes vêtements et comptais le peu d'argent qu'il me restait.

– Investir dans un gilet à capuche aurait été une idée judicieuse, me désespérais-je à reprendre la route à découvert.

Demander à mon héros de me venir en aide était décidément ma seule option et je me rendais compte que je ne savais pas même où je me trouvais. J'avais marché et marché, plongée dans mes pensées la veille sans prendre attention à un quelconque point de repère. La pancarte lumineuse au dehors n'indiquait que le mot « Motel » et ne me donnait plus d'indication. Hors de question de me repointer devant le gérant, qui éveillé toute la nuit, avait dû imprimer comme moi les photos peu valorisantes qui circulaient sur les médias. Un bruit sourd en provenance du seuil de l'entrée de ma chambre me secoua.

– Elle n'a pas entendu mon refus de ses services ? Dis-je en pensant à la femme de ménage.

Je ne faisais plus un mouvement, attendant désespérément qu'elle se lasse ou qu'elle pense qu'endormie je ne puisse répondre. Un bruit de clé dans la serrure me fis filer dans la salle de bain. Instinctivement, j'ouvrais le robinet et gaspillais des litres d'eau simulant une douche. J'attrapais une serviette souillée à même le sol et l'enroulais autour de ma tête. Il y avait quelqu'un dans ma chambre. Tendant l'oreille au maximum, je ne pouvais distinguer ses agissements à cause du débit de l'eau qui résonnait sur l'émail de la baignoire. La poignée de la porte de la salle de bain se tourna légèrement, tentant de la déverrouiller. Je me préparais psychologiquement à bondir et quitter la chambre sans demander mon reste. J'imaginais cette pauvre femme, travaillant durement pour un salaire de misère, avoir pris son service à l'aurore à moitié réveillée et shootée à la caféine. Elle n'avait probablement pas pris conscience de ma présence en écoutant de la musique avec des oreillettes et s'apprêtait à mourir de peur.

– Un moindre mal comparé à la trouille qu'elle m'avait foutu, déculpabilisais-je.

Mon cœur s'emballa, mais je domptais ma respiration. La porte s'ouvrit lentement, faisant échapper un grincement digne d'un film d'épouvante.

– Toni ! m'écriais-je en lui sautant dans les bras.

Soulagée, je me dégonflais comme un ballon de baudruche.

– Tu ne répondais pas, la femme de ménage m'a fait entrer.

L'essuie noué autour de mon crâne tomba, laissant apparaître ma chevelure sèche. Il le remarquait en palpant mes cheveux.

– J'ai stressé, lui expliquais-je la mise en scène.

Il coupa l'eau qui, à force de couler, commençait à inonder la pièce de vapeur. Le miroir embué ne reflétait déjà plus nos silhouettes.

– Comment m'as-tu trouvé ? me croyais-je en train de rêver.

Il ramassait la serviette et la jetait dans la baignoire.

– Avec le peu d'argent que tu avais et sans véhicule, tu ne pouvais pas aller bien loin. J'ai appelé les motels avoisinants et au troisième ou quatrième, je suis tombé juste.

Admirative, je le regardais comme un héros tombé du ciel.

– Viens, tirons-nous ! Si j'ai eu cette idée, les flics ne tarderont pas à avoir la même.

Je m'empressais de le suivre.

– J'ai vu les infos, baissais-je les yeux, honteuse.

– Je sais, soupirait-il.

Étonnée de monter dans la voiture de Maria, je l'interrogeais.

– Où est la mustang ?

– Elle a cramé avec le garage.

Il ajusta le rétroviseur interne avant de démarrer. Je savais à quel point il aimait sa voiture, j'hochais la tête, compatissante. Nous roulions depuis dix minutes à vive allure.

– Où m'emmènes-tu ? demandais-je, ne reconnaissant pas la direction qu'il empruntait.

– Te mettre à l'abri.

Il me précédait, montant dans un minuscule appartement à peine plus grand que ma chambre d'hôtel mais nettement plus propre. Certes, plus désordonné mais moins vieillot et poussiéreux.

– On est où ? ramassais-je une bouteille d'alcool jonchant le sol.

– Emilio loue cet endroit pour ses transactions.

Je fronçais les sourcils, inquiète.

– Et tu es sûr que je ne risque rien ?

Il secoua la tête en commençant à mettre de l'ordre.

– Jamais un flic ne se risquerait dans ce quartier ! se flanquait-il à rire.

Il essayait de me rassurer mais de toute évidence sa technique ne fonctionnait pas vraiment.

– Et si je ne parlais pas des flics ?

Un sac poubelle dans une main et une bouteille vide de l'autre, il se retournait subitement.

– Tu ne sors en aucun cas d'ici ! secouait-il violemment la vidange sous mon nez.

Je déglutissais, essayant de dissimuler mon appréhension.

– Je vais rester avec toi et dans deux jours on ira rejoindre Emilio et Carol.

Je comprenais qu'il n'avait pas abandonné l'idée du braquage.

– Ils sont déjà partis ?

Il acquiesça.

– Et notre fille ? m'angoissais-je de l'abandonner chez des inconnus dans un pays étranger.

– Toujours avec Maria pour le moment, elles partent vendredi les rejoindre.

Il continuait son rangement, ramassant ici et là les déchets qui traînaient.

– Il me fallait éviter les soupçons.

On frappa à la porte d'entrée.

– Viens ! criait Toni sans quitter sa tâche.

Fernando entra. Il me tendit le sac poubelle.

– Je vais aller faire quelques courses et t'acheter un nouveau téléphone, je n'en ai pas pour longtemps, m'infligeait-il sans le savoir la présence de son ami.

Je reprenais le flambeau du nettoyage, n'accordant pour ainsi dire aucun crédit à cette compagnie dont je me serais passée. Il y a des moments où le silence pèse plus que les mots et celui-ci me mettait mal à l'aise. Telle une charge électrique traversant la pièce à la vitesse de la foudre, je le sentais sur le point de me parler et l'unique chose que je me voyais faire était de l'emballer dans un sac comme celui que je tenais et de le jeter aux ordures.

– Merci, confirmait-il mon appréhension.

Furieuse, je le fusillais du regard.

– Je suppose que si je respire encore, c'est parce que tu ne lui a rien dit.

J'expulsais un début de rire malfaisant.

– Ne me remercie pas, ce n'est pas pour toi que je l'ai fait ! me contenais-je.

Il restait stoïque.

– Sur la même semaine, il a perdu sa grand-mère et son garage ; je l'ai préservé de la perte de ce qu'il croît être un ami, l'assassinais-je de mes mots.

Il soupira et retourna sur le canapé. Quelques instants plus tard, mon homme repassait la porte les bras chargés d'un sac en papier. N'ayant pour ainsi dire rien avalé depuis deux jours, je me jetais sur les victuailles et me lançais sur une préparation de pâtes avec ce qu'il avait ramené. À mon grand bonheur, Fernando s'éclipsa à son arrivée. Je me décapsulais une bière pour célébrer sa fuite. Toni me sourit.

– Tu vas te saouler ? plaisantait-il.

Je soupirais, satisfaite.

– Et alors ? Ça m'avait manqué ! me délectais-je de ce divin breuvage, repensant à ces litres d'eau au goût légèrement salé dont la prison nous pourvoyait.

Il m'accompagna dans mon geste.

– Et, il n'y a que ça qui t'a manqué ? tentait-il une diversion.

– Je ne sais pas. Quoi d'autre ? faisais-je l'innocente.

Il souleva légèrement ma blouse, armé du goulot de sa bouteille. La fraîcheur du verre hérissait le duvet recouvrant mes bras. Une gouttelette de condensation glissa lentement sur la peau de mon ventre. Je le sentais sans accorder un seul crédit à son action. Prisonnière de son regard fiévreux, je le laissais m'envoûter, hypnotisée.

– Viens, murmurait-il en m'emmenant sur le canapé.

Il s'y laissa tomber massivement, m'entraînant dans sa chute. Il allongeât ses bras le long du dossier et m'invita à le chevaucher. Sa position de crucifiement et la mienne de prosternation à genoux, lui accordait encore le sentiment de domination qu'il désirait. Ma jupe s'enroula instantanément jusqu'à mes hanches. Je cherchais à l'embrasser mais il se détourna, taquin.

– Je ne suis pas sûr que ça t'a manqué.

Je me flanquais à rire sur son épaule.

– Comme tu veux, faisais-je mine de me relever, insensible.

Il me rattrapa férocement. Ses mains bloquaient mes hanches et mes cuisses le long des siennes.

– Je t'ai promis quelque chose, me susurrait-il au creux de l'oreille.

Je sentais ses doigts caresser mon sexe au travers de mon slip.

– Arrête ! le suppliais-je de mettre un terme à la torture qui m'inondait de désir.

J'enlevais sa main instinctivement me sentant fondre littéralement. Je me vautrai sur son torse, m'imprégnant de l'odeur virile des phéromones qu'il dégageait.

– Je n'ai pas de vêtements de rechange, balbutiais-je, excitée et fébrile.

– J'ai ramené une valise pleine, reprenait-il là où il en était.

Il me colla à lui m'obligeant à ressentir l'effet que lui procurait ses attouchements. Il contourna la couture de ma culotte et se plongeât habilement dans l'antre de son vice. Je me cabrais automatiquement poussant un gémissement langoureux. Telle une poupée de ventriloque, je m'abandonnais à ses effleurements. Ses mouvements aussi tendres que brutaux représentaient un réel délice. Mes ongles se crantèrent dans les mailles du tissu du fauteuil. Bientôt, de légers cris remplacèrent mes bruissements. J'accompagnais ses attentions de petits déplacements du bassin. Il savait qu'il détenait le pouvoir de me faire jouir, là, instantanément sur ses doigts. Je délaissais toute pudeur au profit de cette envie charnelle d'exploser de plaisir. Il s'arrêta brusquement, me privant de cet orgasme sur le point de faire imploser mon âme.

– Pas tout de suite, déboutonna-t-il son pantalon.

Je frissonnais, affalée et haletante. Il enleva sa main, chassée par un torrent d'excitation de mon entre jambe. Comme un animal vulnérable à l'aube du printemps, je me frottais, attendant désespérément qu'il me délivre de cette torture ardente. Il enfonça ses doigts dans ma bouche me forçant à les engloutir. Je me délectais du goût de mon sexe. Mes yeux se révulsaient et il dévora goulûment ma langue.

– Sois gourmande, me proposait-il son phallus à la dégustation.

Il avait enfreint les limites d'une excitation telle que me plaçant dans un état second de transe, les seules pulsions qui guidaient mes gestes redevenaient primaires et bestiales. Je me déplaçais sur le côté du sofa, contrainte à lui obéir sous peine de subir la pire des frustrations. La longue durée de séparation rendait son membre divinement dur et ferme. L'apprivoisant de caresse, je laissais glisser ma langue doucement sur les parois lisse de l'objet de mon désir. J'en devinais chaque contour ressentant la turgescence de ses veines chatouiller mes papilles gustatives. Entendre ses gémissements de plaisir motivait mon envie de le satisfaire. J'activais mon étreinte buccale à l'approche de ses doigts sur ma partie intime. Il devenait ma marionnette, m'offrant un total contrôle sur son droit à la jouissance. Je sentais sa paroi abdominale se contracter. Il m'enleva brutalement me saisissant par les cheveux. Je l'embrassais fougueusement, ravalant le peu de souffle qui lui restait.

– Tu ne tiens pas la route bébé ? me moquais-je tendrement de lui.

Il écrasa son front en sueur contre le mien et me renvoya un sourire mesquin. Il me culbuta violemment et se plaça entre mes cuisses.

– Aïe ! m'écriais-je à l'arrachement de mon slip.

Il s'enfonça vigoureusement en moi. Entre son excitation et ma moquerie, il se déchaînait.

– Tu es contente ? s'efforçait-il de me satisfaire.

Je lui répondis d'un sourire identique en glissant mes mains sur son torse humide. Il ne détournait pas son regard du mien, se grisant de la souffrance idyllique qu'il m'infligeait. Je me sentais sur le point de ne pouvoir retenir cet orgasme dont il avait retardé volontairement l'apparition. Ses assauts de plus en plus brutaux en favorisaient l'émergence. Je le voyait transpirant, se donner à fond pour m'offrir l'extase sur un plateau. Je devenais démonstrative, poussant un gémissement final divin. Je ressentais mon antre se contracter à souhait sur son sexe au bord de l'éruption. Nous jouissions ensemble simultanément, complice jusqu'au dernier moment. Son corps s'alourdissait sur le mien à l'image de la mise à mort d'un taureau en pleine corrida. Je caressais ses cheveux, attendant que nous puissions à nouveau bouger un membre. Mes cuisses tremblaient encore et son cœur semblait vouloir s'expulser de sa cage thoracique.

– Je vais aller prendre un bain, le forçais-je à me libérer.

Il se releva et reboutonna son pantalon.

– Une douche, il n'y a pas de baignoire, précisa-t-il.

Je mourais de faim après nos ébats, mais filer à la salle de bain devenait urgent sous peine de déclencher une nouvelle crise sanitaire. Je faisais couler l'eau avant de me dévêtir. Toni m'ayant ramené du linge, je prenais joie à jeter les fringues volées à l'hôpital. Un moment de pur bonheur de sentir cette eau brûlante dégouliner sur mon corps. Je sentis ses bras m'envelopper. Il s'invita, partageant avec moi ce moment de tranquillité en le transformant en acoquinement.

– Suis-je la seule à me demander comment Fernando est au courant du transfert d'Hector ? lui savonnais-je les cheveux tandis qu'il m'enlaçait tendrement.

– Il fallait bien qu'il trouve un autre boulot. Le hasard a fait qu'Hector ait choisit le même garage.

Il me caressait, étalant la savonnée sur l'entièreté de mon corps nu.

– Le hasard... semblais-je dubitative.

Il essaya de m'embrasser dans le cou et colla mes fesses contre la paroi glaciale de la cabine de douche. J'émis un léger cris.

– Mais tu vas rester tranquille, me flanquais-je à rire à ses enfantillages.

L'appel de la nourriture me fit abréger notre jeu. Enveloppée d'une simple serviette, je me jetais sur les casseroles. Je ne prenais pas même la peine de m'asseoir pour manger. Debout, mon assiette en main je commençais pendant que je lui servais la sienne.

– Fernando... commençais-je en grommelant la bouche pleine.

Il me coupa net.

– J'ai confiance en lui.

Je culpabilisais de l'avoir mis à l'écart de son comportement envers moi. J'avais deux solutions et dans les deux cas, je le blessais. Je préférais me taire et assumer mon mensonge par omission.

– Emilio au Mexique, tu penses demander de l'aide à qui pour le braquage ?

Il resta silencieux un moment.

– Je m'en sortirai seul.

Nous avions pris place à table et malgré l'intérêt que je portais à mon repas, je stoppais ma mastication bouche bée. Je déportais lentement mon regard vers lui, vérifiant qu'il ne plaisantait pas.

– C'est une blague !? me tourmentais-je.

Il se releva, saisissant son assiette vide au passage.

– Termine, ça va refroidir ! changeait-il de conversation.

Je le vis attraper sa chemise au vol. Bien qu'il aurait pu sortir sans étant donné la chaleur extérieure, elle lui était nécessaire à camoufler son arme qu'il ne quittait plus.

– Tu vas où ? m'inquiétais-je à son empressement.

Je le voyais fixer son arme à même sa peau dans le creux de son dos.

– Chercher les billets d'avion pour Mia, Maria et les nôtres.

Je l'observais, occupé à m'abandonner dans ce trou retiré du monde civilisé. Je soupirais, râlant que ma condition de fugitive recherchée m'oblige à rester séquestrée.

– Et je fais quoi, moi ? m'ennuyais-je déjà sans lui.

– Repose-toi, souriait-il.

– Suis pas fatiguée, grommelais-je.

Il se fâchât.

– Lis un livre, matte la TV si tu veux mais je t'interdis de sortir ne serait-ce qu'un orteil d'ici.

Je traînais mon cul en piaillant des insanités à ses recommandations du coin cuisine jusqu'au canapé. Il claqua la porte. Je restais un moment immobile, cherchant une quelconque occupation. Je me marrais seule à la pensée qui venait de traverser mon esprit à la vitesse de l'éclair. Bien qu'on appelait ça « centre carcéral » la vie y était plus drôle, enfin, plus mouvementée. Échafauder un plan, le mettre en pratique, l'adrénaline de ces moments privilégiés me manquait.

– Tout ça pour me retrouver assise sur un canapé, seule, sans rien à faire. Le jeu en valait-il la chandelle ? marmonnais-je à voix haute.

Bien entendu, il y avait le braquage, mais une fois de plus il m'évincerait pour « me protéger ». Je simulais un arrachage de cheveux.

– Haar ! m'écriais-je en suppliant mon cerveau de se taire.

Je me relevais en trombe et fouillais les détritus de la poubelle. Le papier où était inscrit le numéro de téléphone de notre invitée surprise à notre escapade s'y trouvait, coincé dans la poche de ma jupe.

– Il ne va pas du tout aimer, prononçais-je en fixant ce morceau de feuille déchiré et froissé. Rien à foutre, hors de question que je reste les bras croisés en attendant qu'il risque sa vie pour nous.

Je composais le numéro. La messagerie se mettait en route. Je prenais le risque de laisser un message, sachant que si elle s'était fait prendre, un interlocuteur indésirable pourrait devenir possesseur de mon nouveau numéro.

– C'est Malau, rappelle, parlais-je juste après le bip.

Je retournais poser mes fesses dans le fauteuil, fixant mon portable impatiente. Quelques instants plus tard, il se mit à vibrer, se déplaçant frénétiquement sur la table de salon.

– J'ai pas décroché, ne sachant pas que c'était toi.

– Tracasse, la dispensais-je de quelque formule de politesse que ce soit.

Elle parlait à voix basse.

– Je suppose qu'il n'y a aucun moyen pour qu'on se voit ? en concluais-je intelligemment.

Je l'entendis soupirer de l'autre côté du combiné.

– Je suis cloîtrée, mon mari m'a planqué chez des amis. Et toi ?

Je souriais bêtement.

– Idem.

Je me lançais.

– Écoute, j'ai besoin de ton aide. Je sais qu'on est loin d'être des amies et je ne suis pas là pour te réclamer quoi que ce soit, mais je n'ai que toi à qui je peux m'adresser.

– Ne tourne pas autour du pot ! voyait-elle que j'essayais d'enjoliver ma demande.

Je lui expliquais le braquage, prenant consciemment le risque de délation de sa part et ma hantise qu'il fonce tête baissée dans la gueule du loup.

– Et tu crois sincèrement que mon mec irait aider le tien ?

Je la sentais réticente mais je n'avais pas encore joué toutes mes cartes.

– Ton mec déteste Javier autant que le mien. Si ce fric nous permet de prendre un nouveau départ, tu pourrais aussi en avoir besoin, argumentais-je. À moins que rester cloîtrée là où tu te trouves te convienne, poursuivais-je ironiquement.

– Je te rappelle, coupa-t-elle la conversation subitement.

Elle raccrocha. Je tournais comme un lion en cage en attendant son appel. Environ quinze minutes plus tard, elle rappela.

Elle m'avait dégoté un rendez-vous avec son type. Le seul hic, je devais me débrouiller pour m'y rendre seule et enfreindre la volonté de Toni de sortir de ma cachette. Je n'osais imaginer dans quel état de colère j'allais le mettre. Je filais dans la chambre et retournais l'intégralité de ma valise sur le lit. Il n'y avait strictement rien qui pourrait convenir à une sortie incognito. J'optais pour lui chiper ses fringues. Un sweat à capuche serait parfait. De retour dans la cuisine, je mettais le souk pour dénicher ce qui pourrait me servir à me défendre. Je tombais sur un cran d'arrêt.

– À défaut de grives, on mange des merles, prononçais-je en le dissimulant sous mon pull.

Un coup d'œil furtif sur l'horloge et espérant être de retour avant le sien, je prenais la fuite. Passant le seuil de la porte, je me rendis compte ne pas posséder la clé pour refermer derrière moi.

– Peu importe, pensais-je.

Je serai de toute façon de retour avant lui. Je n'avais que quelques rues à traverser pour retrouver son mari et malgré tout, je crevais de trouille. Entre le fait que quelqu'un me reconnaisse ou m'agresse sans aucune raison, mon cœur battait la chamade. Nous avions rendez-vous dans un bâtiment désaffecté.

– On ne peut pas faire pire, pensais-je en arrivant.

Entre les graffitis, les taches de sang coagulé au sol et les seringues abandonnées par les drogués de passage, j'eus l'impression d'avancer en jouant à la marelle. Je pénétrais de plus en plus loin au cœur de cette bâtisse digne d'un film d'horreur. Je tombais nez à nez avec un gars plus grand que Toni, plus fluet sans pour autant être dépourvu de muscles. Le crâne rasé et le teint plus pâle lui donnait l'air d'un hooligan. Aucun tatouage visible ne décorait ses bras. J'espérais de tout cœur ne pas me tromper de personne.

— Écarte les bras ! s'apprêtait-il à me fouiller.

Je prenais un air décontracté.

— Je serais toi, j'y renoncerais, lui conseillais-je habilement. Il a beau ignorer ma présence, il n'apprécie pas qu'on touche à ses affaires, me marrais-je en éloignant mes bras de mon corps.

— Ça va, c'est bon, renonçait-il en jetant ce qui ressemblait de loin à une cigarette mais n'en avait pas l'odeur.

Il m'écoutait attentivement solliciter son aide et celle de ses gars pour assister mon homme dans ce qui ressemblait de près ou de loin à une mission suicide. Il se flanqua à rire.

— Et il pense y arriver seul ?

De sa question ressortait un sentiment d'autant d'admiration que de folie. Un bruit de verre brisé attira notre attention presque simultanément.

— Il faut se barrer ! quittait-il la pièce subitement sans m'accorder aucune réponse.

Un groupe de jeune faisait irruption, flanquant mon plan en l'air.

— T'as rien à foutre ici, c'est pas ton territoire ! crachat l'un des hommes à mon interlocuteur.

Ils étaient six et nous n'étions que deux, je me préparais à l'apocalypse. Il ne fallut que quelques secondes pour que mon partenaire, dépassé par leur nombre, soit immobilisé, une lame sous la gorge. Je devenais ensuite leur ligne de mire. Deux types s'avancèrent.

— J'éviterais, plaisantait-il malgré sa position.

Je vis son assaillant resserrer la lame du couteau sous sa glotte.

— C'est la femme de Rivera. Et il n'aima pas qu'on touche à ses affaires, reprenait-il mes mots.

— Et qu'est ce qui me prouve que c'est sa femme ?

La bouche écumante de son agresseur laissa échapper quelques postillons sur le visage de mon protecteur. Venait-il de me sauver la mise, rien n'était moins sûr.

– Hooo. Crois-moi sur ce coup-là ! insistait-il à ce qu'on me laisse tranquille.

Chacun se regardait en chien de faïence, débattant mentalement de mon triste sort. J'entendis le bruit de la culasse d'une arme se chargeant provenir du fond de la pièce. Toni déboulait en furie. Accrochant son flingue sur le devant de son jean en mode bien apparent, il me lança un regard colérique.

– Tu devrais effectivement le croire, grogna-t-il au petit groupe de jeunes gens.

– Je ne veux pas de problème avec toi Toni, tu le sais.

– On s'en va ! m'enguirlandait-il en me tirant par la manche de mon pull.

Il ruminait si fort que son silence devenait assourdissant. Nous nous préparions à quitter cet endroit morbide, abandonnant ce pauvre homme seul aux mains de ces guérilleros. Je me dégageais le bras violemment.

– Toni ! montrais-je l'inégalité de l'affrontement.

– C'est pas tes affaires, ni les miennes ! se préparait-il à fermer les yeux en m'attrapant à nouveau.

Je campais sur mes positions.

– Non ! Je ne bougerai pas d'ici si tu n'interviens pas !

Il attrapa son arme et la collait sur son front en hochant négativement la tête.

– Va dans la voiture ! me passait-il le canon sous le nez.

Je prenais mes jambes à mon coup en direction de la sortie, tandis qu'il faisait demi-tour. Ils revinrent tous deux me rejoindre quelques instants plus tard. Le trajet du retour dû être assez divertissant à notre invité. Je me prenais un savon.

Samuel, de son prénom, n'eut le crédit de pouvoir intervenir à aucun moment. L'étroitesse de la voiture de Maria l'obligeant entre autre à se caler dans le fond du siège arrière et de rester en retrait.

– La porte ouverte et le bazar dans l'appart, tu as pensé à ce que j'ai ressenti ? me sermonnait-il hors de lui.

Je culpabilisais à la trouille que je lui avais flanqué.

– Tu m'as trouvé comment cette fois ?

J'allais finir par croire qu'il m'avait flanqué un GPS dans le cul sans que je m'en aperçoive. Il sorti le morceau de papier où j'avais griffonné l'adresse de la poche de son jean en se soulevant légèrement du siège. Je me félicitais de l'avoir oublié.

– Et heureusement que tu l'as oublié ! pensait-il à la même chose que moi.

Il jeta un œil dans le rétroviseur intérieur.

– Tu faisais quoi avec ma femme ? s'en prenait-il à Samuel.

– Elle m'invitait gentiment à une soirée que tu organises demain apparemment.

Je senti une chaleur envahir mon visage sous le feu du regard qu'il me lança. Il freina si promptement pour se stationner devant l'appartement d'Emilio que malgré la ceinture de sécurité, je fus projetée vers l'avant. Nous montions tous silencieusement. Toni jeta les clés de la voiture sur le plan de travail de la cuisine.

– Toi ! me désignait-il du doigt.

D'un signe, il m'envoyait dans notre chambre comme une gamine subissant une punition. Je ne pus lui tenir tête et pliais à ses exigences.

– Sers-toi un verre, dit-il à Sam en m'emboîtant le pas.

Pensant me prendre l'engueulade du siècle, j'appréhendais la suite des événements. Prendre les devants me paraissait une idée judicieuse.

– Écoute, je...

Il ne me laissa poursuivre et me capturait dans ses bras.

– J'ai eu si peur.

J'avais eu tout le trajet pour imaginer tous les scénarios possibles, mais celui-ci n'en faisait partie. Je restais démunie face à sa réaction.

– Je suis désolée bébé, culpabilisais-je.

– J'ai cru une nouvelle fois t'avoir perdu.

Je me blottissais contre lui pour le réconforter. Ce court intermède ne dura pas, chassant le naturel, il revenait au galop.

– Mais qu'est-ce qui t'es passé par la tête ?! me lâchait-il en haussant la voix.

– La même chose que toi ! Je ne veux pas que tu ailles seul chez Hector demain bébé ; je ne veux pas te perdre.

Il se pinça l'arrête nasale.

– Et tu crois sincèrement que je vais bosser avec lui ?!

Cette fois, je montais dans les tours.

– Quel autre choix as-tu ? L'ennemi de ton ennemi est ton ami, m'évertuais-je à le raisonner.

– Et pourquoi lui ?

– Sa femme me devait un service.

Il s'assit sur le bord du lit, l'air dépité.

– On a fait équipe il y a quelques années, m'expliquait-il calmement.

– Je sais, allais-je m'installer à ses côtés.

Je lui prenais la main.

– Je ne te demande pas d'oublier, mais d'outre passer pour une nuit. Tu sais comme moi que seul, tu n'as aucune chance.

Il me regardait en fronçant les sourcils.

– Enfin, pas aucune, mais de toute évidence beaucoup moins, sauvais-je la mise en me reprenant.

Je le bousculais, taquine. Avoir froissé son orgueil l'avait amené à démarrer au quart de tour.

– Tu lui as promis quoi ?

Je me mettais en retrait.

– Rien, on a pas eu le temps.

Il quitta la chambre. Le voyant prendre place à table avec Samuel, je m'éclipsais vers la cuisine. Curieuse, je tendais l'oreille, nous préparant un café. Je ne percevais pas un traître mot de leur conversation et m'exaspérais sur ce maudit percolateur qui ne semblait vouloir s'activer. Je servais celui de Toni, aussi noir que son âme quand il est en colère. Je souriais à cette pensée.

– Tu veux du café ? lui proposais-je poliment en déposant celui de mon homme devant lui.

Il déclina mon offre. La main de Toni glissa le long de ma jambe affectueusement.

– Sers-lui une bière plutôt.

Levant les yeux vers notre convive, il acquiesça.

Il nous faut régler le problème Hector, suggérait Samuel.

Toni hocha la tête.

– Soit l'éloigner, soit l'occuper, précisa-t-il.

– Je peux m'en occuper, lui tendais-je la bouteille.

Il me fixait curieusement, déportant aussitôt son regard sur Toni.

– Non, toi tu prends l'avion avec Mia et Maria.

– Je n'irai nulle part sans toi ! augmentais-je les décibels de ma voix.

Je pressentais à nouveau une querelle à ce sujet se profiler à l'horizon.

– Il te croit mort, il tombera dans le panneau à coup sûr.

– J'ai dit non ! reprenait-il de plus belle.

Nous nous mettions à nous chamailler sous les yeux ébahis de notre hôte.

– Voilà pourquoi je ne bosse pas avec les femmes, grommelait Samuel.

Sa remarque me mis en colère et tandis que je le traitais de misogyne, mon homme attaquait à son tour.

– C'est elle qui a fait sortir la tienne de taule, je te rappelle.

Le voir prendre ma défense en pleine dispute, me faisait presque oublier le sujet de celle-ci. Samuel recula sur son siège en position de défense.

– Bon alors, si elle peut le faire, le problème est réglé, en concluait-il.

Toni continuait à secouer la tête.

– Tu as une autre idée ? lui demandais-je en connaissant la réponse.

Il savait pertinemment que j'étais la seule à pouvoir détourner l'attention d'Hector suffisamment longtemps pour leur laisser le temps d'agir ; mais je devinais la peur dans ses yeux. Cette angoisse que je revive ces moments qui nous avaient tant coûté à tous deux et dont aucun de nous n'étions prêt d'oublier. Je n'eus qu'un long silence en guise d'acceptation. Samuel prit congé et nous passions la fin d'après-midi au calme.

Enlacés devant la télévision, grignotant le peu de victuailles dont il avait fourni le frigo, chacun de nous évitions tout type de conversation pouvant rappeler la sombre journée qui nous attendait. Pourtant, j'en ressentais le besoin. Il y avait tant de chose que je voulais lui dire, mais toutes les phrases auxquelles je pensais en les formulant dans mon esprit prenaient des allures d'adieu. J'évitais. Même en nous couchant, je gardais mes distances sans y prêter attention. Accordant une grande importance aux détails, il s'en aperçu.

– Qu'est-ce qui te prend ? se collait-il à mes fesses.

J'attrapais ses bras et les serrais contre ma poitrine, formant une bulle de protection au centre de laquelle je me sentais en sécurité.

– N'aie pas peur pour demain, murmurait-il en embrassant mon omoplate.

Je me retournais pour l'embrasser. Peu m'importais si c'était notre dernière nuit ensemble, je me résignais à la passer à me morfondre de peur.

– Fais-moi l'amour, lui quémandais-je sensuellement.

À peine j'avais clos les paupières que le lendemain arriva. Toni était déjà levé et à la vision de ses cernes, l'idée qu'il n'ait su fermer l'œil me traversa. J'avalais vite fait un café, me lançant sans tarder dans ma part de travail. Je préférais appeler Hector devant lui plutôt que m'isoler. Je commençais à trembler à la première sonnerie. La messagerie arriva telle une libération spirituelle. Je n'eus besoin de jouer aucun rôle en laissant un message vocal lui signalant que je désirais lui parler d'une voix tremblotante.

Pourvue d'un nouveau téléphone, plus aucun de mes contacts ne possédait mon numéro et abandonner ma voix sur leur répondeur restait la seule chance qu'on me rappelle. J'eus le temps de terminer mon café avant qu'il ne se décide à me répondre. J'hésitais à décrocher.

– Tu n'es pas obligée, me rassurait Toni à voix basse.

Je glissais mon doigt sur l'écran et prenais la communication. Au courant de ma fuite, il prenait d'emblée de mes nouvelles d'un ton mielleux qui ne m'avait pas manqué et m'horripilait. Je lui expliquais que la femme d'Emilio m'avait prêté un studio pour me planquer et que morte de trouille, je ne savais pas à qui m'adresser. Compréhensif, il se proposait de me venir en aide.

– Depuis la mort de Toni, je n'ai plus d'attache ici, lui glissais-je adroitement, fixant mon homme droit dans les yeux.

– Je comprends, rétorquait-il.

– Maria fait sortir ma fille du pays aujourd'hui mais sans papiers, je n'ai aucune chance de monter dans l'avion avec elles.

Il y eu un blanc et je m'angoissais à l'idée de n'avoir été suffisamment crédible.

– Donne-moi l'adresse et j'envoie une voiture te chercher.

Je le remerciais. D'un pouce levé, je faisais comprendre à Toni que la machine était lancée.

– Ouf, soupirais-je en raccrochant, il envoie une voiture me chercher, répétais-je à Antonio.

Il termina son café en une seule gorgée. Je ne pouvais ignorer son appréhension. Je la lisais à livre ouvert sur son visage. Il commençait à tourner en rond, retardant à chaque minute son départ. Maria arriva. Comme une hystérique, je me précipitais vers ma fille.

– Mon bébé, comme tu manques à ta maman, l'étreignais-je les yeux bordés de larmes.

Toni lui remettait son billet d'avion.

– Tu ne viens pas avec moi ? s'étonnait Maria du changement de plan.

Ne souhaitant expliciter, j'hochais la tête. Elle restait figée, cagoulée d'une expression interrogative.

– Tu ne peux pas rester ici, Hector est sur le point d'arriver.

Il la chassait doucement, presque amicalement. Elle m'attrapa le bras.

– Trop long à expliquer mais il faut réellement que tu y ailles, insistais-je à mon tour.

La voir partir avec ma fille, si vite, obligée d'écourter la seule visite qui importait à mes yeux fut une véritable torture.

– J'aurais préféré ne pas les voir, murmurais-je après leur départ.

Déboussolée, je m'interrogeais. Avais-je fait le bon choix ? Il me prenait dans ses bras.

– Toi aussi, tu dois partir, précipitais-je son évacuation.

Il ne voulait pas me lâcher.

– S'il te touche, je le tuerai cette fois, m'assura-t-il.

– Je sais, soupirais-je, convaincue.

Quelques minutes plus tard, je me retrouvais à nouveau seule et imitant les allées et venues de mon homme, j'hypothétisais une tactique d'approche pour leurrer Hector. À l'image d'un court métrage se déroulant dans mon esprit, je revoyais notre rencontre et s'en suivaient toutes ses manigances qu'il avait eu à mon égard. Une idée déboulait à la vitesse d'un courant électrique. Je me précipitais de nouveau vers le bac à ordure. En plus du numéro de la femme de Samuel, il se pouvait que mes poches renferment d'autres surprise.

– Bingo ! m'écriais-je en sortant quelques comprimés restant de la distribution à mes compagnes d'échappées.

Il ne me restait qu'un seul somnifère mais il ferait l'affaire. J'effectuais une petite danse de la victoire, seule au milieu de la pièce quand la porte s'ouvrit brusquement.

– Fernando ? me saisissais-je.

– Maria a oublié le billet d'avion.

Je scrutais la pièce de fond en comble.

– Là ! l'attrapais-je aussi vite que je lui remettais.

– J'espère que tu sais ce que tu fais et les risques que tu prends, se préparait-il à repartir aussitôt.

Le comprimé m'échappa des doigts et roula jusqu'à la pointe de son pied.

– C'est quoi ? demandait-il en le ramassant.

– Il faut parfois prendre des risques pour les gens qu'on aime, c'est ça la famille !

Je lui arrachais des mains, l'invitant à sortir. Un timing presque parfait évita à Fernando d'être surpris par le chauffeur d'Hector qui arriva quelques instants plus tard. Enfilant le même sweat à capuche, je le suivais saisissant au vol la valise que Toni m'avait ramenée. Un frisson me parcouru à la vision de la Mercedes blanche.

« Ça va être plus dur que prévu », songeais-je en montant dans la voiture.

Le siège passager devant encore porter la trace de mes brûlures, je grimpais à l'arrière à l'instar d'un taxi. Le seul point positif, c'étaient les vitres teintées, grâce auxquelles je pouvais quitter le temps du trajet ce pull qui me faisait suffoquer. J'arrivais encore à plaisanter en pensant que je le portais pour passer inaperçue et me demandant qui serait assez stupide pour se couvrir autant par temps de canicule. Si mon humour ne m'avait pas abandonné, rien n'était perdu.

Nous prenions le chemin de la marina, je me sentais soulagée. Revoir la maison, ou ses parents, aurait sans doute été au-dessus de mes forces. Et puis, Toni et Samuel avaient prévu de braquer le bateau, les savoir au même endroit que moi m'apportait une réelle délivrance.

– Nous n'allons pas chez Hector ? interrogeais-je naïvement le chauffeur.

Il me fit un signe de tête. Même l'intonation de ma voix sonnait faux, je ne pouvais pas commettre d'impair avec Hector sous peine d'être démasquée sur le champ. Il m'était impossible de coller au rôle d'hypocrite. Je ne l'étais pas et il le savait très bien. Nous arrivions et je suivais le chauffeur en embarquant sur le yacht. Nettement plus petit que celui de Javier, mais n'ayant rien à lui envier au niveau luxe. Hector me recevait, assis derrière son bureau.

– Je ne l'ai pas fouillé, signalait mon guide.

– Ça ira, grommela Hector en se dirigeant vers un bar.

Il me servait un verre de vin. Je refusais.

– J'aimerais tout autant une bière, faisais-je la difficile.

– C'est vrai, pour un peu j'oubliais.

Il en sorti une du bas du mini réfrigérateur sous le bar. Je le vis attraper une canne pour se déplacer vers moi, boitant. Était-ce une séquelle de son altercation avec Toni, je n'osais poser la question. Je préférais saisir la bouteille et en avaler une gorgée.

– Sympa le bateau, comblais-je la discussion.

J'arrivais à le faire sourire mais obnubilée par sa façon de se mouvoir, je le dévisageais.

– Tu regardes le dernier cadeau de ton mec ?

Il venait de confirmer mes doutes, je devais rebondir.

– Après tout ce qui s'est passé, tu te rends compte que ce n'est pas de gaîté de cœur que je sollicite ton aide.

Il m'écoutait, hochant ou secouant la tête de temps à autre.

Je dois retrouver ma fille Hector et tu me le dois bien.

Je te le dois ?

Il se rasseyait, semblant épuisé de n'avoir parcouru que quelques mètres.

J'aurais très bien pu te faire emprisonner et à côté de ça...

Il me coupa la parole.

À côté de ça, me voilà amputé d'une jambe.

Il était sarcastique et empreint de rancœur contre Toni et certainement moi par la même occasion.

Pourquoi m'as-tu fais venir, si tu ne comptes pas m'aider ?

Je n'ai jamais dit ça. Où se trouve ta fille ?

Au Mexique.

Je laissais échapper un faux soupir de soulagement.

Je dois terminer un travail ce soir et nous prendrons le large ensuite.

Il balança un porte crayon dans la porte et mon chauffeur refit son apparition.

Montre-lui sa cabine.

Je me remettais à suivre cet homme aussi muet qu'une carpe. Je prenais mes quartiers, la première étape était passée. Il me fallait maintenant trouver un subterfuge pour les quitter à l'heure où mes cow-boys devaient débarquer. Je m'allongeais sur la couchette. Certainement plus confortable que celle de la prison mais je désespérais de retrouver un véritable lit et si possible avec mon homme dedans. Il faisait froid, l'air conditionné rafraîchissait un peu trop à mon goût cet espace clos et je bondissais pour régler le thermostat. La porte s'ouvrit et me fit sursauter.

Qu'est-ce que tu fais ? me surprit Hector.

Tu pourrais frapper ! J'ai l'impression d'être enfermée dans un frigo !

Je me reculais pour lui laisser l'opportunité de tempérer la pièce.

– Voilà ! Et je te rappelle que tu n'es qu'invitée ici, je n'ai pas à quémander ton autorisation pour entrer.

– J'aurais très bien pu être en train de me changer !

– Je t'ai déjà vu plus dévêtue ! se flanquait-il à rire, grossier.

« Ordure… », pensais-je sans envenimer la situation.

Je lançais à se pantin désordonné un regard de malédiction, pensant instantanément à ce que j'envisageais de lui faire.

– Je comptais manger d'ici une heure. J'espérais que tu te joignes à moi.

Je rattrapais le sourire.

– S'il te plaît, oui, je n'ai rien avalé de correct depuis des jours.

Il eut l'air satisfait de ma réponse. Empreinte de vérité, mon affirmation semblait plausible. Je remerciais ma bonne étoile en levant les yeux vers le ciel. Un repas complet en sa compagnie me laisserait tout le temps nécessaire pour lui faire gober ce malheureux comprimé. Je le sortais de ma poche et le scrutais en le faisant rouler entre le pouce et l'index.

– Espèce d'imbécile ! m'insultais-je à voix haute.

Je me couvrais automatiquement la bouche, espérant que mon cri n'aie surprit personne d'autre que moi. Un comprimé pelliculé, en plus de se dissoudre difficilement, allait mettre trop de temps avant d'agir.

– Mais comment avais-je fait une telle erreur de débutante ? me reprochais-je, honteuse.

Je me mis à fouiller la chambre de fond en comble à la recherche d'un petit réceptacle pouvant contenir la poudre que je comptais en faire. Je ne trouvais rien de suffisamment minuscule pour être dissimulé dans ma poche. Il y avait bien le papier toilette mais je risquais de le déchirer et perdre la substance active ; si j'augmentais la résistance par le nombre de feuille, je m'aventurais inévitablement vers une difficulté de manipulation. En plus d'être précis, mes gestes se devaient d'être rapides. Je me triturais le cerveau.

– Si ce dernier n'avait pas été en manque de sucre, peut-être fonctionnerait-il mieux !

Je commençais à ressentir la faim du repas promis et mon estomac gronda. J'inspectais du regard chaque recoin, espérant l'émergence d'une idée judicieuse. Je n'eus pas à patienter longtemps. Je reculais la couchette et arracha un morceau du papier peint au ras du sol. Le fond d'un vase me servit de broyeur. Écrasant le comprimé à même le réceptacle, j'évitais de n'en perdre un seul grain. Je refermais soigneusement le papier comme Carol le faisait avec le crack. Il ne me restait plus qu'à me changer et attendre patiemment l'invitation d'Hector. Jusque-là tout semblait facile.

– Un peu trop à mon goût ! réfléchissais-je en jouant les oiseaux de mauvais augure.

Il se faisait attendre et trouvant le temps long, j'optais à nouveau pour un changement de tenue. Remplaçant ma robe par un jean, je me sentirais forcément plus à l'aise. J'entendis un bruit sourd se répétant en provenance du couloir, le son à intervalle régulier se rapprochait de plus en plus. Venant en personne solliciter ma présence à sa table, Hector montrait de plus en plus de difficultés à se déplacer, s'appuyant de toute ses forces sur sa canne. Je le suivais ayant presque pitié.

– Ça va ? Eus-je le réflexe de demander, oubliant un instant le monstre qui se tenait devant moi.

– Très bien ! semblait-il convaincu.

Nous nous dirigions vers la salle à manger, lentement, très lentement.

– Je viens de faire un effort, je suis un peu essoufflé.

Je fronçais les sourcils à le voir tenter de réguler sa respiration.

– Il n'y a pas de soucis, ralentissais-je mon pas et optant pour une pause en l'attendant.

– C'est probablement notre dernier repas ensemble, je voulais que tout soit parfait.

J'esquissais un timide sourire, m'interdisant de culpabiliser. Pourvu qu'il ne recommence pas à me saouler d'une nouvelle tentative de rapprochement, espérais-je silencieusement. D'un signe de la main, il m'invita à prendre place à table.

– Tu me permets de ne pas me montrer plus galant.

Il s'asseyait en premier, se laissant presque tomber sur cette malheureuse chaise. Je l'imitais de façon plus gracieuse. Je me jetais sur un morceau de pain, le temps qu'il débouchonne le vin.

– Je suis morte de faim, lui avouais-je la bouche pleine.

Il sorti une petite boite de sa poche, métallique et revêtue d'une icône religieuse. Il en sorti deux comprimés qu'il déposa sur le côté de l'assiette. Par chance, l'eau manquait au dressage de la table. Il se leva.

– J'en prendrais bien un verre aussi, profitais-je de cet instant d'inattention pour déverser le somnifère dans son verre et le couvrir de vin.

Je terminais de me servir de ce breuvage quand il revint chargé d'une bouteille d'eau. Je regardais mon assiette, désespérée. Un homard baignant dans son propre jus gisait au centre. J'eus un haut le cœur, me résignant à ingurgiter cette pauvre bête.

– Je n'ai pas assez faim tout compte fait, songeais-je, frustrée.

Je grignotais les fruits garnissant le tour du plat et engouffrais presque la totalité du pain. Je le saluais en lui tendant mon verre de vin, l'invitant à me suivre.

– Tu ne manges pas ?

Je fronçais le nez.

– J'ai compris, me souriait-il gentiment.

Il se releva son verre à la main et s'éclipsa vers le coin cuisine. Il me rapporta une petite corbeille de pain et quelques fruits. Je dévorais. L'appétit revint également à la vision de son verre vide, se remplissant à nouveau. Je pouvais me délecter patiemment, en attendant qu'il s'écroule sur ce pauvre crustacé ébouillanté.

– Tu vas me manquer après ton départ.

Même l'entendre écarteler son repas me dérangeais.

– Je dois retrouver ma fille, c'est tout ce qui m'importe.

Focalisée sur ses gestes, je naviguais entre écœurement et dégoût.

– On aurait pu être ensemble et avoir une belle vie, mais c'est du passé, n'est-ce pas ?

J'hoquetais en déglutissant un bout de pain trop volumineux. Je regardais ma montre en trouvant le temps long à l'effet du comprimé. Il attaquait un sujet de conversation que j'aurais préféré éviter, ne pressentant rien de bon.

– Me permettrais-tu quand même un petit cadeau d'adieu ?

Surprise à sa requête, je le fixais sans dire un mot.

– Histoire d'enterrer définitivement la hache de guerre, poursuivait-il.

– Je ne sais quoi te répondre, ton aide me suffit.

Je me sentais gênée et presque coupable d'être revenue le chercher dans l'unique but de lui jouer un sale tour. Il remplissait mon verre de vin.

– Viens, m'invitait-il à le suivre.

Je déposais le reste de nourriture que je m'apprêtais à avaler sur le bord de la table et me relevais interrogative. Il traversa la pièce en direction d'une porte donnant de toute évidence sur une autre partie du bateau. La main sur la poignée, il se retourna vers moi.

– Si tu t'inquiètes pour l'effet de la drogue que tu as versé dans mon verre, ne te tracasse pas, je ne l'ai pas bu.

Il affichait un sourire de vainqueur, tandis que je me pétrifiais. Il ouvrit la porte et d'un geste révérencieux, il m'invita à y rentrer. Une décharge d'adrénaline plus tard, je m'y précipitais.

– Toni ! hurlais-je.

En sang et à demi conscient, je le retrouvais tel un pantin désarticulé affalé sur une chaise. Ses chevilles et poignets ligotés à l'aide de colsons devenaient le seul lien qui le maintenait encore en position assise. Sous le choc et perdant la notion espace – temps, je m'agenouillais devant lui et lui raccrochais une mèche de cheveux derrière l'oreille.

– Bébé, murmurais-je en essuyant le sang sur son visage du revers du pouce.

Je fondais en larmes, la tête posée sur ses genoux. Il remua, groggy. Une vague de fureur me remis sur pied aussi brutalement qu'un clown sur ressort qu'on aurait libéré de sa boîte.

– Comment ? étais-je curieuse de savoir où notre plan avait failli.

Fernando fit son apparition au côté de lui et je comprenais.

– Ton attitude a blessé d'autres personnes que moi, expliquait-il sa présence.

Nous avions été trahit par le frère de ma meilleure amie ; par la seule personne en qui Antonio avait une confiance aveugle. Honte et colère se reflétaient dans le regard du traitre.

– Si seulement j'avais eu le courage de mettre en garde Toni contre lui, culpabilisais-je en me sentant responsable de la situation.

Je me mis à rire nerveusement, me sentant sur le point de pouvoir étriper Hector à la seule force de mes griffes. Aveuglée de ma rage, je m'avançais vers ce serpent, prête à lui couper la tête une bonne fois pour toute et l'empêcher définitivement de nous nuire.

– Je ne ferais pas ça si j'étais toi ! se sentait-il en danger.

Je jetais un regard moqueur sur les deux brutes qui se tenaient à ses côtés. Un sourire en coin lui faisant comprendre qu'il en faudrait plus pour m'arrêter. Ma haine à son paroxysme, je continuais d'avancer. Un état proche de l'aliénation s'emparait de moi. Hector sorti son téléphone de sa poche et me le tendit. Je l'envoyais valser du revers de la main. Il fit un pas de recul lorsque son portable s'écrasa au sol. Un des deux molosses posa sa main sur mon épaule pour me retenir.

– Dégage ta main ou je te la fourre là où tu auras du mal à la retrouver !

J'avais déraillé, m'adressant de la sorte à un type qui aurait pu m'écraser d'un seul doigt comme une mouche sur une vitre.

– Bébé ! entendais-je Toni m'appeler d'un ton mourant.

Je me retournais.

– Il a Mia.

Je percevais la souffrance tant physique qu'émotionnelle dans sa voix gutturale. Ayant récupéré son portable à moitié fracassé, Hector me fit entendre les pleurs de ma fille sur un enregistrement.

– Hijo de puta ! l'insultais-je inopinément.

– Tu as bien changé, tant de vulgarité dans une si jolie bouche, se moquait-il de moi.

L'envie de lui sauter à la gorge bouillonnait dans mon corps.

– Pourquoi tant de haine, tu vas la retrouver ta fille. Mais avant, tu vas faire quelque chose pour moi.

– Qu'est-ce que tu veux ?! me sentais-je obligée de me résigner.

Un de ses homme de main lui remis une arme. Il vérifia le chargeur.

– Tu sais t'en servir, il me semble.

Il me le tendit. Je m'attendis au pire en le réceptionnant mais ma gorge serrée ne laissa échapper aucun son.

– Il n'y a qu'une seule balle. Achève-le ! me demandait-il de l'utiliser contre Toni.

À ce moment, mon âme quitta mon corps, le laissant vide comme un véhicule sans conducteur. Je restais plantée là, fixe et immobile. On aurait pu croire que les pensées fusaient dans mon esprit, mais non, c'était le trou noir, le néant.

– Fais-le ! grogna Toni, endolori.

Je secouais la tête sans qu'il ne puisse avoir la force de lever les yeux pour le voir.

– S'il te venait l'envie de changer de cible, sache que je suis le seul à pouvoir te rendre ta fille, s'impatientait Hector.

Il se posa les bras croisés, calme.

– Détache-le ! exigeais-je en me dirigeant vers Toni.

Il avait tant bien que mal tenté de se redresser sur sa chaise bancale, mais éprouvait des difficultés à maintenir sa tête dans un axe vertical.

– Non, ce n'est pas ce qui est convenu, refusait-il ma requête.

– Je ne tirerai pas sur un homme attaché ! me retournais-je vers nos bourreaux. Je ne suis pas aussi lâche que toi ! lui cra-chais-je au visage.

Je l'entendais pester et ruminer à mon attaque.

– Qu'il en soit ainsi, pliait-il.

Il envoya l'un de ses hommes couper ses liens.

– De toute façon, avec ce qu'il a pris, ne t'attend pas à ce qu'il te vienne en aide, se flanquait-il à rire.

Je m'agenouillais face à lui, calant le flingue entre mes cuisses. Une goutte de sang coagulé sillonnait le pli de son coude.

– Tu l'as drogué ? glissais-je mes doigts sur la veine tuméfiée.

– Et pas qu'un peu, il a fallu une dose de cheval pour le calmer, se moquait-il de son geste en vainqueur.

Toni essayait de lutter et d'ouvrir les yeux.

– Pauvre bébé, murmurais-je anéantie.

Il bascula vers l'avant, posant son visage dans mon cou.

– C'est ma faute bébé, murmurait-il d'une voix plus claire et moins saccadée.

J'hochais la tête négativement.

– Tu es en train de reprendre tes esprits ? lui soufflais-je au creux de l'oreille.

– Oui. Mais pas au point de pouvoir les gérer, m'assura-t-il.

– Jure moi sur tout ce que tu as de plus cher que tu retrouveras notre fille, me préparais-je à prendre la pire décision de ma vie et bien que d'apparence trompeuse, la plus réfléchie.

Il leva les yeux et son regard me suffit en guise de réponse. Je revoyais l'homme dont je suis tombée amoureuse le jour du tremblement de terre. L'océan déchainé se reflétant dans ses iris avait définitivement engloutit mon cœur ce matin-là et s'il ne me l'avait pas demandé, je savais que chaque battement lui appartiendrait jusqu'à mon dernier souffle. Je me relevais en enlevant le cran de sureté de l'arme.

– Je t'aime, lui souriais-je en le visant.

– Je sais, me répondait-il en me rendant mon esquisse faciale.

D'un mouvement sensuel, je chavirais le haut de mon corps et retournais mon geste sur Hector. Le coup parti si vite que je n'eus le temps de viser.

– Se tira la maroma ! ne culpabilisais-je pas à l'effacer définitivement du livre de notre vie.

Il s'écroula brutalement, déversant le venin de ses veines sur le parquet luisant de son paquebot de luxe. Je venais de gaspiller l'unique balle du chargeur et je fronçais les sourcils face à ses hommes de main. Un coup d'œil furtif sur l'état physique de mon homme me fit comprendre qu'un coup de main divin ne serait pas de refus. Ils n'eurent pas le temps de bouger d'un poil que Samuel et Emilio passèrent la porte, alerté par le coup de feu. Je soupirais de soulagement. Ils les firent déguerpir instantanément, prenant limite leur jambes à leur cou. Emilio retira le pistolet de ma main encore fumant. Mes doigts, pourtant crispés sur la détente, je ne m'étais pas rendu compte l'avoir encore en main. Il me fixait, étonné.

– S'il te venait l'envie de prononcer un mot qui ne me convienne pas, tu sais ce qui t'attend, plaisantais-je avec lui.

Je relevais mon homme de son siège. Encore affaiblit, il s'appuyait sur mon bras.

– Je vais m'en occuper, remerciais-je ses amis qui venait me porter main forte.

– Tu aurais pu choisir l'autre option, s'interrogeait-il sur mon choix.

– Si je t'avais flingué à chaque fois que j'en ai eu envie, tu aurais autant de vie qu'un chat, je crois.

Il s'arrêtait, attendant un mot gentil.

– Avance, tu sais que je ne pourrais pas vivre sans toi !

Nous grimpions à l'arrière de la voiture de Samuel.

– Dépose-nous chez Maria, demandait Toni au chauffeur.

– Retrouve mon bébé, me blottissais-je contre lui.

– Je te le promets, déposait-il un baiser sur mon front.

Le trajet de notre départ jusqu'au dernier endroit où ma fille se trouvait me semblait durer une éternité. Je me triturais les doigts, mordillant par moment mes ongles.

– Calme-toi, bébé, essayait-il de me réconforter, submergée d'une surdose de nervosité.

Il se penchât vers le siège passager et prononça quelques mots inaudibles à l'oreille d'Emilio. À peine stationné, je bondissais de l'habitacle. Toni me retient.

– Tu restes ici ! m'interdisait-il de le suivre.

Mes globes oculaires semblaient vouloir s'extirper seuls de mes orbites.

– Hors de question ! me rebellais-je.

Emilio se positionna tel un mur devant moi, et je voyais Toni disparaître dans la maison.

– Laisse-moi passer tout de suite, montrais-je les dents férocement.

Il tenta de me rattraper tandis que je le poussais violemment pour le contourner. Je courrais en direction de la maison, mais n'eus pas le temps de poser la main sur la poignée de porte. Antonio ressorti aussi vite.

– Non ! m'empêchait-il de rentrer.

Il me prit dans ses bras et me serra jusqu'à l'étreinte.

– Je ne veux pas que tu vois ça, semblait-il dépité.

– Maria ! me laissais-je tomber en hurlant.

Il me soutenait malgré le fait qu'il n'était totalement rétabli. Des larmes de colère et de rage coulaient sur mes joues.

– Chut... me répétait-il sans cesse en me gardant contre lui. Emilio accouru.

– Maria et Miguel, renseignait-il son ami.

Que ce soit son étreinte ou ses paroles réconfortantes, rien n'y faisait, je n'arrivais pas à me reprendre, pensant à ce qu'il était advenu de ma fille. J'enfouissais mon visage si profondément contre lui que rien de ce qui nous entourait ne me parvenait. Je le senti se raidir.

– Où est ma fille ?! écumait-il en s'avançant.

Malgré les pas qu'il effectuait, il continuait à me maintenir me forçant à le suivre. Je me retournais. Fernando se tenait debout devant nous.

– Ils ont tué ta sœur ! vociférais-je en pleurs.

Il ne semblait pas ou peu affecté par la nouvelle. Toni l'empoigna.

– Chez Javier, balbutiait-il sous l'effet de la peur.

Il le lâcha.

– Viens bébé, on va la chercher, paraissait-il confiant en détournant son regard de son meilleur ami.

C'était la première fois que je le voyais dominer ses émotions et je basculais entre admiration et interrogation.

– Je l'aurais tué, grognais-je en acceptant de le suivre sans contestation.

– Je sais, soupirait-il.

– On a pas toujours la famille qu'on voudrait ou qu'on mérite mais elle reste toujours notre famille, en concluait-il sereinement.

Continuará.

La Calle

Merci à Monsieur Wisin pour son entrée fracassante à la fin du livre.

Quand une situation semble désespérée, seul un véritable ami peut vous tendre la main.

Gracias al señor Wisin por su aplastante entrada al final del libro. Cuando una situatión parece desesperada, sólo un verdadero amigo puede tenderte la mano.

L'auteur

Thomas Rivera.
D'origine portoricaine et vivant actuellement en
Belgique.
Né le 12 novembre 1976 dans la municipalité de
Coamo sur l'île de Puerto Rico.
Malgré des études universitaires médicales, il
vogue dans le milieu artistique depuis l'enfance,
musique, peinture et écriture.
Il envisage en ce moment un retour aux racines.
Email : thomasrivera.auteur@gmail.com
Instagram : thomasrivera. auteur
Teamdizenewlife

La maison d'édition

" Qui arrête de progresser, arrête d'être bon!

En se basant sur notre slogan, c'est notre désir de trouver de nouveaux manuscrits et de les faire publier. Depuis plusieurs décennies déjà, nous avons donné nos cœurs aux livres et nous nous engageons pour chacun de nos auteurs et chaque livre personnellement.

Nous faisons pour chaque manuscrit une relecture en quelques semaines. La relecture est gratuite et sans engagement.

Pour plus d'informations sur notre maison d'édition et nos livres, reportez-vous à notre site:

www.novumpublishing.fr

OR FORFATTERE EEN ... O BCEЙ ДУШОЙ
OW EIN HERZ FÜR AU... ...MIA KAPΔIA ...
ETT HJÄRTA FÖR FÖRFATTARE Á LA ESCUCHA DE LOS AUTORES YAZARLARIMIZA GÖN...
Σ UN CUORE PER AUTORI ET HJERTE FOR ORFATTERE EEN HART VOOR SCHRIJVERS TEMO...
NKET SZERZŐINKÉRT SERCE DLA AUTORÓW EIN HERZ FÜR AUTOREN A HEART FOR AUTH...
ES NO CORAÇÃO BCEЙ ДУШОЙ К АВТОРАМ ETT HJÄRTA FÖR FÖRFATTARE UN CORAZÓN ...
JTE DES AUTEURS MIA KAP... ...RE PEL A... ...OR FORF...
RES YAZARLARIMIZA GÖN... ...VER... ...SZERZŐINKÉ... ...OW EIN HER...